CW00502249

La memoria

1232

DELLO STESSO AUTORE
in questa collana

Per legge superiore
Morte di un uomo felice
Un solo paradiso

nella collana «Il contesto»

Prima di noi

Giorgio Fontana

Il Mago di Riga

Sellerio editore
Palermo

2022 © *Giorgio Fontana*
     Edizione pubblicata in accordo con
     Piergiorgio Nicolazzini Literary Agency (PNLA)

2022 © *Sellerio editore via Enzo ed Elvira Sellerio 50 Palermo*
     e-mail: info@sellerio.it
     www.sellerio.it

Questo volume è stato stampato su carta Grifo vergata prodotta dalle Cartiere di Fabriano con materie prime provenienti da gestione forestale sostenibile.

Fontana, Giorgio <1981>

Il Mago di Riga / Giorgio Fontana. - Palermo: Sellerio, 2022.
(La memoria ; 1232)
EAN 978-88-389-4355-3
853.92 CDD-23   SBN Pal0351273

CIP - *Biblioteca centrale della Regione siciliana «Alberto Bombace»*

Il Mago di Riga

a Tania

Non smetto di giocare: è la condizione dell'ebbrezza del cuore.
Ma vuol dire anche misurare il fondo ripugnante delle cose: giocare è sfiorare il limite, andare il più lontano possibile, e vivere sull'orlo dell'abisso!

GEORGES BATAILLE, *Su Nietzsche*

Posso solo dire che si dovrebbe giocare a scacchi perché ci si diverte, non per vincere premi. E ciò che è più importante: non si deve aver paura di perdere una partita.

MICHAIL TAL',
intervistato su *Schach-Kalender*, 1987

Era il messia degli scacchi.

BORIS SPASSKIJ,
parlando di Michail Tal'

1.e4 c5 2.Cf3 Cc6 3.Ab5 d6. Miša mulinò per un istante il polso sopra la scacchiera, simulando indecisione; quindi arroccò, premette l'orologio, si strofinò due volte il collo – era madido di sudore, le palpebre scattavano, la febbre gli dava il capogiro – e fissò intensamente Akopian, chiedendosi se il suo sguardo conservasse ancora l'antico magnetismo. Sarebbe tornato utile, date le condizioni del momento.

Giorni prima, pranzando al ristorante Amaya, qualcuno aveva ricordato la celebre storiella con Pál Benkő ai Candidati del '59. Miša non aveva molta voglia di sentirla, e ancor meno desiderava narrarla; si era limitato ad ascoltare con un sorriso di circostanza, smuovendo la paella quasi intonsa nel piatto, mentre i colleghi più giovani lo sbirciavano. Dunque: da tempo si mormora che Michail Tal' ipnotizzi gli avversari al tavolo da gioco; addirittura, secondo alcuni, facendo apparire donne nude nella loro mente per deconcentrarli. (Donne nude, Dio mio: sarebbe stato davvero un bel potere!). Così al terzo turno Benkő si presenta al tavolo con un paio di lenti nere per non subire i suoi occhi da stregone, anche se più tardi ammetterà che si trattava di uno scherzo. Ma Miša è stato avvisato da qualcuno, così estrae a sua volta degli occhialoni scuri da spiaggia, piuttosto ridicoli – li ha chiesti in prestito al suo amico Petrosjan – e li inforca come se niente fosse. Dal pubblico si solleva una risata, e anche l'avversario sorride: il solito Tal'. Al turno successivo, l'ultimo, Benkő indossa ancora le lenti scure – non si sa mai, deve aver pensato – ma commette lo stesso una svista: Miša ha pronta una combinazione schiacciante, potrebbe avviarsi alla vittoria e invece, come promesso all'allenatore Koblents, forza una patta per scacco perpetuo. («Giusto?», aveva chiesto il narratore; lui aveva annuito e completato mentalmente il ricordo con la voce esasperata di Koblents: *Se non la porti a casa sana e salva il prima possibile, giuro che ti tiro pomodori marci dalla platea*). Del resto una patta basta per condurlo di fronte a Botvinnik; e da lì, come tutti sanno, al titolo mondiale.

Miša chiuse gli occhi e arricciò il naso mentre Akopian, immobile dietro la schiera di pezzi neri, decideva in che modo impostare la sua Difesa siciliana.

I vecchi tempi. Il giovane Tal', il Mago di Riga che giunto all'improvviso da una piccola repubblica occidentale aveva travolto, a vent'anni, i più grandi giocatori dell'epoca: e con quale irriverenza. Con quale smisurato ardore. Si apriva la strada verso il re avversario sacrificando pezzo dopo pezzo, complicando ogni posizione fino allo spasimo, quasi volesse dilaniarla: e nonostante il suo stile rivelasse mancanze tecniche o peccasse di eccessiva frenesia, sconfinando talora nell'assurdo e rivolgendosi contro di lui, nessuno sembrava in grado di fermarlo. Un fenomeno incomprensibile, da cui il sospetto dell'ipnosi. Fesserie, naturalmente, anche perché durante le partite Miša per lo più guardava i pezzi o un punto tra la parete e il soffitto; ma altrettanto naturalmente lui si divertiva a ricamarci sopra.

Una sera era a cena con Korčnoj e qualche altro collega. Il personale di servizio ai tavoli vagava qui e là per la sala ignorandoli, e l'irritabile, il sempre irritato Korčnoj sbuffava battendo la forchetta sul piatto.

«Senti», gli aveva sorriso Miša. «Vuoi che fissi un cameriere?».

«Eh?».

«Hai fame o non hai fame?».

«Ho fame. E quindi?».

«Be', sai come funziona: gli fisso la schiena, e lui viene qui».

«Ma smettila».

«Non ci credi? Vediamo».

Miša aveva finto di concentrarsi, serrato le palpebre a fessura, e qualche istante dopo un cameriere si era fermato di colpo portando una mano alla testa calva, come se gli fosse sovvenuto un ricordo, per poi accorrere da loro. Miša si era stretto nelle spalle con aria innocente. Korčnoj, tutto una smorfia. Prodigio? Caso? Che importava: erano i vecchi tempi, quando i nomi dei Grandi maestri venivano pronunciati con deferenza, o fatti collidere da tifoserie opposte: «Il migliore è ancora Keres», «Stavolta Spasskij li travolge tutti» – e ovunque si discuteva delle più recenti partite così come di aperture, difese, combinazioni o finali di torri: in circoli annegati di fumo, negli androni verde cupo e nelle camere stipate delle kommunalki, in coda lungo marciapiedi odorosi di liquame, pirožki e neve fresca, sulle panchine dei viali, nelle carrozze dei treni che solcavano il paese finendo ingoiati dalla notte. Tempi adatti affinché simili leggende – unite alla soverchiante presenza di Miša e al suo stile rivoluzionario – trovassero nutrimento. Perché era un modo di resistere all'urto del reale. Perché il mondo reale era quasi sempre assurdo.

Certo non per lui, figlio del medico Nechemia Tal' e della raffinata Ida Grigor'evna, cresciuto in un salotto con pianoforte a muro, mobili d'ebano e teiere decorate da boccioli viola pallido; ma per il resto della nazione sì. Il solo fatto di essere ancora vivi comportava uno sforzo continuo e financo una misura di vergogna, perché esistere era sopravvivere a sciagure altrui: senza alcuna ragione o demerito uno sconosciuto subiva la pena che avrebbe potuto colpirti, magari non più letale come pochi anni prima, ma in ogni caso inevitabile. Tutto ciò esigeva un compenso: e gli scacchi lo offrivano – così come la storia di Miša offriva la speranza che gli dèi potessero un giorno chinarsi anche su di te, umile cittadino, e pronunciare la parola di grazia invece delle usuali condanne. Nell'immensa vastità del morire, nella monotona e paludosa certezza del morire, quella era pietà. Era l'evidenza che dopotutto i miracoli esistono.

Akopian portò l'alfiere in d7; e mentre registrava svogliatamente la mossa sul formulario, quasi scontento che ora toccasse a lui muovere, Miša rammentò quando d'estate andava a Mosca per l'Open lampo nel parco di Sokol'niki, e la gente gli si assiepava intorno con i berretti sulle ginocchia, strizzando le palpebre dietro le lenti e masticando sottovoce opinioni – *perché ha cambiato la torre?, oh Dio, molla quel pedone, doveva arroccare subito, sì, no, vai Miša, vai!* – mentre lui calcolava tranquillo sterminate sequenze di mosse nonostante il tempo rapido, cinque minuti a testa, la mano che corre all'orologio, i continui sguardi alla lancetta. Gli adolescenti si arrampicavano sui rami delle querce per contemplare la scacchiera dall'alto, e com'era bello vedere quei volti librarsi tra le macchie di sole e il verde focoso delle foglie. Alcuni fra loro avevano pianto il padre trascinato via all'alba dall'NKVD, e nelle loro orecchie risuonavano ancora i pugni alla porta, i latrati dei cani poliziotto; e magari due giorni dopo il campanello sarebbe suonato per l'uomo dai baffi sporchi discosto sulla destra: ma adesso erano tutti lì, insieme, liberi: e dietro gli occhi di ognuno ardeva il medesimo infantile stupore.

Dopo essersi insediato, il potere aveva imposto ovunque gli scacchi per la loro natura dialettica, per plasmare carattere e forza di volontà nel popolo sovietico, per esibire superiorità davanti all'Occidente; eppure non aveva compreso che niente può togliere al gioco il suo vero fine: giocare, e pertanto sovvertire l'ordine delle cose.

Un gorgoglio gli scavò d'improvviso la gola, la testa si fece leggera. Di già? Conosceva quella vertigine: all'esterno riusciva a dominarsi, o almeno così credeva, ma dentro aveva l'impressione di affondare. Strizzò ancora gli occhi doloranti, si inumidì le labbra, tentò di modulare il respiro come uno degli ultimi medici gli aveva consigliato di fare, e in un paio di minuti riprese il controllo. Akopian non si era accorto di nulla né parve reagire alla lunga, quasi vorace occhiata che lui gli scoccò. Ormai sei un ipnotizzatore in pensione, Miša. Ex ipnotizzatore, ex sovietico, ex campione del mondo, ex candidato al titolo, ex qualsiasi cosa.

Era sempre stato immune dall'invidia, anche verso il suo stesso passato, ma come ogni uomo dotato di una memoria implacabile non riusciva mai a separarsene. Ricordava tutto. Il ghigno crudele di un bimbo che a nove anni lo irride chiamandolo Mano-a-tenaglia; il pomeriggio in cui, ragazzino, disegna una posizione in mezzo ai binari del tram e si fa quasi investire mentre la studia cercando un colpo vincente; i due mesi dopo la morte del padre, rannicchiato in poltrona a fissare il muro e mordere la coperta, quasi digiuno, finché sua madre non lo porta a giocare e gli scacchi lo salvano ancora una volta; il viso di Gelja all'imbrunire, riflesso in una finestra picchiettata di gocce; l'apertura usata da, diciamo, Keres contro Kotov a Budapest nel 1950, o un furtivo tratto di pedone di Petrosjan; il quaderno nero, poco più grande di un palmo, sul quale negli anni Sessanta annota mosse e commenti prima di inviarli alle riviste; il numero della pagina delle *Dodici sedie* di Il'f e Petrov dove Vorob'janinov, il protagonista, viene rapato a zero perché baffi e testa gli diventano verdi a causa di una tintura errata. Ricordava tutto, e dunque poteva dirlo senza sentimentalismo alcuno, una piatta evidenza: erano davvero altri tempi.

Ora invece era un giorno qualunque del presente, e Miša spostò con un dito la torre in e1. Il cavallo nero balzò in f6. L'apertura proseguì con 6.c3 a6 7.Aa4 – ci pensò un po', un cambio immediato in c6 era forse più promettente, ma lui voleva pattare in fretta e lasciarsi la giornata alle spalle – quindi c4 8.d4 cxd3 9.Ag5 e6 10.Dxd3. Akopian mosse anche l'altro alfiere, e dopo nuove, sfocate riflessioni – fece dondolare la testa, compitò sillabe in labiale, era indeciso se sviluppare il cavallo di donna – Miša si risolse a cambiare in f6, rovinando la struttura pedonale del Nero. Forse la colonna semiaperta avrebbe potuto creare qualche problema in futuro, ma il quadro era ancora acerbo. D'istinto, quasi un ripensamento, prese anche il cavallo in c6; quindi senza attendere la risposta di Akopian puntò i palmi delle mani sul tavolo per sollevarsi, e si incamminò esitante per la sala del torneo.

La febbre e il fiato corto lo obbligavano a concentrarsi per rimanere vigile, ma se non altro si sentiva un po' meglio dei giorni precedenti – e in ogni caso era l'ultimo turno. Con sua stessa sorpresa, al primo aveva sconfitto Lautier in grande stile sacrificando un alfiere in e5 e seminando il panico con un lungo arabesco di mosse: poi il fisico aveva ceduto ed erano ripresi i controlli in ospedale, le iniezioni, le facce dubbiose dei medici, e addirittura la sedia a rotelle per un paio di partite. La sua mente smarriva la presa, incapace di formulare un piano corretto: le varianti si sgretolavano fra le dita quali sabbia umida, e mossa dopo mossa le posizioni andavano alla deriva… La scacchiera, che da sempre guardava come una selva fertile di opportunità, appariva inerte quanto un conglomerato minerale, e i pezzi niente più che cose – cose che resistevano alla sua capacità di infondervi vita. Aveva infilato patte incolori e qualche odiosa sconfitta.

La notte, mentre Barcellona ruggiva fuori dalla finestra, si torceva rabbrividendo nelle lenzuola e leccava le labbra in preda a una sete inestinguibile. Due o tre ore di sonno senza sogni e si svegliava di colpo tastando il materasso, già oppresso dai postumi della sbornia, nonostante avesse bevuto solo quattro o cinque cognac: il dolore pulsante alle tempie, un'ombra di nausea.

Dove si trovava? Che giorno era?

Poi una figurazione di pezzi e pedoni appariva dietro le palpebre, come di consueto, e lui la stuzzicava sorridendo nel vuoto, costruendola e ricostruendola lungo nuove strade, calandosi nel pozzo delle possibilità smarrite: magari un valzer fra due cavalli che si eludono a vicenda in un finale semplice solo all'apparenza, o una mossa di torre che disarticola le barriere nemiche.

Il primissimo chiarore filtrava dalle finestre dell'Hotel Continental insieme a un odore acre, azzurro e salino. C'è un minuto che precede l'alba in cui ogni città è come fatta di gesso, quasi non esala respiro: Miša infilava il termometro sotto l'ascella – 38, 38 e mezzo – e si sentiva l'unico a vegliare.

Il giorno precedente aveva domandato ad Akopian, usando l'interprete ufficiale per evitare un approccio diretto, se fosse disposto a pattare d'accordo, in anticipo, per risparmiarsi la sofferenza: ma non aveva ricevuto una risposta conclusiva. Così quando il mattino dopo, quel mattino, l'aveva visto da lontano, si era subito lanciato nella folla della Rambla, quasi investendo una coppia di anziani seduti al tavolino di un bar, arrancando fra vetrate multicolori di pasticcerie, negozi di vestiti, artisti di strada – saltimbanchi, prestigiatori, mimi, persino un mangiatore di fuoco: «Volodja! Volodja!».

All'ombra di un platano, davanti al massiccio edificio dell'hotel sede del torneo, ci aveva riprovato facendo finta di nulla.

«Come ti senti, Volodja?».

«Tutto bene, grazie».

«E dimmi, che piani hai per oggi?».

«Be'. Vorrei giocare contro di voi, Michail Nechem'evič».

Miša si era rivisto in quel volto giovanissimo, educato ma belligerante – un volto che bramava ancora il primo posto, o semplicemente desiderava affrontare ad armi pari la vecchia leggenda.

«D'accordo». Un sorriso. «Nessun problema».

D'accordo: avrebbe dovuto combattere, ma poi basta così: la cerimonia conclusiva, magari un'intervista, un giro di partite lampo, qualche bicchiere nella hall, un'ultima cena all'Amaya dove lui non avrebbe mangiato quasi nulla, gli abiti pressati a caso in valigia, il volo per Mosca, l'ennesima operazione chirurgica – «Io sto maluccio, ma se non altro il mio ascesso sta alla grande», diceva ridacchiando a suo figlio Gera – e avrebbe ricominciato da capo, inabissandosi come ogni volta, ogni volta rinascendo.

E quindi eccolo a combattere di nuovo, o almeno a fingere di farlo. La sala da gioco era invasa dal riverbero di una luce calda, un po' granulosa. Miša massaggiò la mano destra, ridotta a una grossa chela dall'ectrodattilia, con la sinistra, e poi fece frullare le tre uniche dita nell'aria, come quando suonava il pianoforte da ragazzo, stupendo tutti per la sua bravura nonostante il difetto congenito.

Camminò ponendo attentamente un piede davanti all'altro mentre gli spettatori lo scrutavano con stupore e riverenza – il grande Michail Tal'! – ma anche con visibile disagio. Miša colse in un vetro la maschera mortuaria del suo viso, che aveva imparato ad accettare e che pure ogni tanto lo feriva ancora: a cinquantacinque anni sembrava un ottantenne abbandonato a se stesso, scheletrico com'era, quasi annegato nella giacca troppo grande, con quei lanosi ciuffi di capelli grigi ai lati della calvizie, le guance cave e mal rasate.

Qualche mese prima, a Tilburg, aveva incrociato Dirk Jan ten Geuzendam della rivista *New in Chess*: non si vedevano da tempo e il giornalista cercava invano di nascondere lo shock, così Miša l'aveva tolto dall'imbarazzo, ringraziandolo con un sorriso.

«E perché?», aveva chiesto Dirk.

«Per avermi riconosciuto».

In Belgio si era fatto aprire da uno specialista, che l'aveva richiuso allibito dopo pochi minuti. Non c'era più niente di operabile, ogni organo era sul punto di cessare la propria attività: quel corpo *non poteva* essere vivo. E invece lo era. Era ancora irragionevolmente vivo, e continuava a frequentare tornei. Tanto la sua scorza mostrava i segni di un'accelerazione indebita del tempo, tanto dentro di lui il desiderio pulsava al ritmo di sempre, insensibile al passato come al futuro; non era stato distrutto dalle malattie, dai vizi e dalla progressiva erosione delle sue capacità: voleva giocare, tutto qui.

Si accorse di essere rimasto immobile di fronte al vetro con le mani allacciate dietro la schiena: fece saettare la lingua, la vide apparire in mezzo al viso color cenere. Si sorrise e riprese a camminare fra le ombre ovali della sala, osservando le altre partite in corso.

Molti anni prima, poco dopo aver subito una nefrectomia, nel bel mezzo di un'analisi di gruppo – quei meravigliosi pomeriggi passati a manovrare pezzi, scambiarsi sequenze di mosse come stilettate, bere Stolichnaja e rubarsi le sigarette a vicenda – Leonid Štejn gliel'aveva detto così all'improvviso, ammirando l'energia con cui, nonostante i postumi dell'intervento, Miša si lanciava sul gioco: la sua eccitazione incontenibile, la sua fantasia colma d'irruenza; tutte quelle idee, a volte illuminanti a volte imperfette, che non davano mai segno di arrestarsi e anzi fiorivano di continuo.

«Mišik», aveva affermato, «il tuo corpo sarà un disastro, ma tu sei più forte in spirito di tutti noi».

Ah, Leonka, pensò ora scuotendo la testa. Eri talentuoso e brillante, ma gli dèi ti hanno fermato il cuore quasi vent'anni fa, in un hotel di Mosca, e una cameriera al piano ti ha trovato riverso sul pavimento, come un giorno forse troverà me.

Tornò alla scacchiera, dove Akopian aveva ripreso in c6 con l'alfiere. Serrava le tempie fra i pugni e sollevò appena gli occhi verso di lui; Miša li intercettò inarcando un sopracciglio. Quanti sguardi, nella sua vita. Quanto tempo passato davanti a un altro uomo seduto a poca distanza, entrambi immersi nel silenzio e uniti in una relazione tanto fervida quanto potevano esserlo l'amore o il sesso o una lotta a mani nude nel fango, e più ancora – perché in una vera partita si offre tutto di sé, e tutto si divora dell'altro.

Lui aveva fissato Botvinnik che aveva fissato Alechin e Capablanca, che avevano fissato Lasker che aveva fissato Tarrasch e Steinitz, e quest'ultimo Zukertort e Anderssen, il quale a sua volta aveva scrutato a lungo il viso mobile e aggraziato di Paul Morphy, il genio americano. La storia degli scacchi era una grotta di volti sopravvissuti alle disgrazie, alla solitudine, al buon senso e alle necessità del quotidiano per restare aggrappati lì, a un tavolo da gioco, intenti a sopraffarsi l'un l'altro: la concentrazione furiosa e quasi assassina di Fischer; gli aristocratici lineamenti di Keres; l'accigliato Botvinnik con le braccia conserte sul tavolo, il mento ben rasato a sfiorare la corona del suo re.

Botvinnik. Stringendogli la mano sul palco del Teatro Puškin, prima di iniziare il match per il titolo mondiale, Miša aveva avvertito tutta la sua tranquilla potenza – l'aura di maestà che emanava. Lo chiamavano il Patriarca e il nome, per quanto un po' pomposo, era giustificato, poiché da lui proveniva l'intera scuola sovietica: da lui due generazioni di scacchisti avevano appreso la professionalità, la cura nella preparazione, l'austerità del metodo. Come lo stesso Miša ammetteva, Botvinnik era l'unico professore; tutti gli altri erano studenti, al massimo dottorandi.

(Dietro le lenti i suoi occhi erano gelidi e ostili).

Aveva dominato la scena per dodici anni, perdendo il trono contro Smyslov e riprendendoselo a forza un anno dopo; era uno stratega impeccabile, un lavoratore zelante e un grande esperto dei finali. Fra lui e il regime non c'era una relazione di sudditanza – aveva troppo carattere per farsi soggiogare – bensì di identità: il Patriarca era implacabile come il sistema in cui era stato allevato, e i detrattori di Miša speravano che quel distillato di razionalità e tenacia avrebbe respinto ogni sua bravata. Finora ti è andata bene, pensavano, e non abbiamo capito perché: ma contro Botvinnik non puoi farcela.

Del resto era stato motivo di scandalo. In luogo di uno stile che minimizzasse la contingenza – specchio del mondo là fuori, tutto norme e grigiore – Miša aveva scelto il rischio e il disordine. All'assalto, sempre. All'assalto, avanti: ora sacrifico un pezzo, poi un altro, poi chissà – un altro ancora? Molti Grandi maestri lo rimproveravano, trovando la sua cifra viziata all'origine: chi gli aveva dato il permesso di giocare così? Loro cercavano più che altro di non commettere errori, come consigliava appunto il Patriarca: e certo producevano partite simili a pietre dure dalla trasparenza luminosa, senza fessure né imperfezioni, strategicamente irreprensibili: anche Miša le apprezzava, ma preferiva di gran lunga evocare tutte le forze oscure che ogni posizione celava dentro di sé, come un brulicante mondo sottomarino; o accumulare nubi e nubi di complessità sulla scacchiera in modo che all'improvviso la folgore si abbattesse. Più che vincere sembrava imporre la propria intera personalità sull'altro, lasciandolo sconvolto e ammutolito, mentre il gioco tornava all'incanto delle origini: una caccia al re.

E il giorno dopo (o la settimana dopo, o il *mese* dopo) c'era sempre qualcuno che arrivava agitando un foglio gremito di varianti che confutavano i suoi sacrifici. Va bene, replicava Miša, e quindi? Nessuna di queste mosse è stata trovata nel vivo della lotta: mostrarle avendoci ragionato a casa è un esercizio interessante, ma sterile. Allora i vari qualcuno si arrabbiavano ancor di più. Il punto non era nemmeno la vittoria o la sconfitta: era l'offesa alla logica a irritarli, la stessa che affascinava i suoi moltissimi ammiratori donando loro coraggio e meraviglia. A buona ragione lo chiamavano volšebnik – il mago. Il Mago di Riga. Una volta Spasskij gli raccontò che alla fine degli anni Cinquanta, sorpreso come chiunque altro dalla sua brusca ascesa, aveva chiesto a Vasilij Smyslov: «Da dove viene questo Tal'?». L'allora campione del mondo si era avvicinato, curvando gravemente le sopracciglia e mormorando: «Dal demonio».

Non volevano batterlo: volevano punirlo, come un ragazzino che combina troppe marachelle a una cena di adulti. Ma che succede se le marachelle continuano a funzionare? Che succede se la marachella diventa rivoluzione? Perché nella maggioranza dei casi erano gli altri a finire inghiottiti dalle vampe, mentre

Miša emergeva illeso e sorridente, appena qualche traccia di cenere sui capelli, un giovane semidio – o un mago figlio del demonio, non fa differenza.

«Mi piacciono gli scacchi gustosi», diceva, calcando il tono sull'aggettivo: una ghiottoneria o un piacere proibito, sghembi e forse per qualcuno addirittura sacrileghi, ma che non potevano lasciarti indifferente.

E così nel 1960 un migliaio di persone affollava la sala del Teatro Puškin mormorando il suo nome e altre ancora si erano raccolte in massa lungo il Tverskoj bul'var e sulla piazza antistante, nel freddo marzo moscovita, il naso all'insù per guardare l'immensa scacchiera issata con due pali sotto gli alberi smunti, sulla quale venivano riprodotte mano a mano le mosse dell'incontro.

Miša poteva rivivere ogni dettaglio di quelle settimane, l'entusiasmo e la disperazione, il mal di schiena e le fitte ai reni, il semplice tavolo da gioco in legno dietro cui lo attendeva inespressivo il Patriarca, le interminabili discussioni con Koblents (il buon vecchio Koblents che l'aveva sempre sostenuto, nonostante certi suoi capricci, a volte rimbrottandolo ma confortandolo subito dopo: «Miša, sei proprio un genio!»); o le camminate mani in tasca sul palco per scaricare la tensione, le quinte dove si rifugiava a fumare scrutando il buio e dicendosi *Sono qui, sono davvero arrivato fin qui*, l'odore muffoso e acetato dei corridoi, la notte insonne per un errore nell'ottava partita (come aveva potuto muovere la torre sbagliata in c8?), le lettere dei fan e quel telegramma giunto da uno sconosciuto cosacco del Don, tale Michail Fetisov, che lo invitava a non mollare. *Vincerai*, devi *vincere*, scriveva. *I figli devono essere più forti dei padri*.

Ricostruiva spesso il modo in cui aveva sfondato la Difesa francese nella prima partita, il famoso sacrificio di cavallo nella sesta – pareva fosse atterrato non tanto in f4 quanto sul volto di Botvinnik: i bisbigli nella sala erano così forti da costringere gli arbitri ad avviare continuamente il segnale elettrico SILENZIO PREGO – o le astute, ponderate manovre nella diciannovesima. E quando il Patriarca si era finalmente arreso, mio Dio: quel fragore. Ancora gli risuonava nelle orecchie. Gli applausi, le grida: gli spettatori si ammassavano sotto il palco porgendogli le dita per toccarlo, quasi potesse infondere loro la grazia come il messia a lungo atteso, sbalorditi dall'accaduto: il più bizzarro dei figli che rovescia il trono del padre.

Si rivide di ritorno a Riga, con la corona d'alloro troppo grande al collo (l'avevano creata su misura per il più alto Botvinnik, certi della sua vittoria). Si rivide scendere dal treno, sorridendo un po' confuso alla folla che lo cingeva ovunque, cantando sotto i bastioni grigi della stazione, rinvigorita e come piena di nuova linfa: lo sollevava e se lo passava di mano, un trofeo egli stesso, mentre la madre gli scompigliava i capelli e lo baciava su una guancia. Si rivide nell'automobile spinta su e giù dalle persone in festa, gente di ogni sorta, casalinghe e poveracci e operai, parassiti e onesti lavoratori, sani e malati, traditori e traditi: li aveva resi felici tutti. Aveva ventitré anni ed era tornato a casa.

Miša spinse in c4 – una struttura di tipo Maróczy, la scelta più stabile – e diede un'occhiata agli orologi, reprimendo uno sbadiglio dovuto all'insonnia. Era sfinito, ma nonostante la voglia di chiuderla rapidamente cominciò a immaginare qualche sviluppo in seguito all'arrocco del Nero – che giunse, come previsto, pochi minuti dopo. Persino nelle situazioni in apparenza più statiche c'era sempre la possibilità di intorbidire le acque. L'aveva detto diverse volte, in passato: occorre agguantare l'avversario e trascinarlo nel fitto di una foresta dove le regole saltano – dove due più due fa cinque e per uscirne vivi esiste appena un impervio sentiero, una viuzza nascosta tra felci rovi e tronchi caduti, percorribile da un giocatore solo. Certo gli stili arditi esistevano già da tempo, ma ad essi Miša aggiungeva una nuova sfumatura: il puro rapimento del paradosso, e la scelta deliberata della continuazione più interessante, in luogo della più efficace. Perché l'efficacia era banale, un ideale di poco conto.

Ora tutto questo era passato di moda, o forse i Grandi maestri avevano appreso a difendersi meglio: lui stesso nel corso degli anni aveva gradualmente asciugato il suo stile, ma ai vecchi tempi era asceso alla vetta così, infliggendo colpi di maglio, senza mai cedere alla prudenza o al buon senso.

Dopo la vittoria su Botvinnik conobbe settimane di tersa felicità. Passeggiava per Riga con Salli, la sua prima moglie: erano la coppia del momento e tutti li salutavano per strada – lei un'attrice e cantante, lui un genio degli scacchi, ed entrambi così giovani e belli. Miša rimirava ancora incredulo i suoi occhi color oro rosso, tenendola per mano e sommergendola di complimenti e battutine cui lei reagiva scuotendo la testa.

Quelle sere. Quell'andarsene svagati nel silenzio dell'ora, nel profumo di cipria e miele del vento. Camminando incontravano aiuole gremite di fiori, figure gesticolanti dietro i vetri di un bovindo, e insegne al neon bianco latte o rosso aranciato, che le pozzanghere disperdevano a terra in chiazze oleose. Si indicavano a vicenda il morbido profilo di una cupola e le facciate Jugendstil dall'intonaco crepato, affollate di ninfe e volti attoniti, capitelli riccamente annodati, fauci di leoni e decorazioni a fiamma.

«Se metto un cavallo in f5, in quali case può muoversi?».

«E dai».

«Che c'è? Non ti va un ripassino?».

«Non adesso».

«Hai il campione del mondo come maestro e ti lamenti».

«Se penso che prima di conoscerti non capivo niente di scacchi».

«Ma nemmeno ora, tranquilla».

«Cretino».

«Mi hai scambiato per Botvinnik, una volta. Sul giornale».

«E allora?».

«Per Botvinnik».

«C'era scritto Grande maestro: che ne sapevo».

«Io sono molto più carino. Non mi trovi più carino di quel vecchio scoreggione?».

Il filobus passava singhiozzando e tre stelle apparivano di colpo fra le nuvole, sopra i comignoli fumanti. Potevi goderti l'odore torbido della Daugava poco distante, il rigoglio della tarda primavera, la maestosa presenza dei tigli pronti a fiorire: la sua città, la città che amava, con la donna che amava.

Salli canticchiava la strofa di una canzone, metteva su uno sguardo furbo.

«E dire che nemmeno mi piacevi, all'inizio».

«Lo so».

«Giusto gli occhi».

Lui muoveva le dita, faceva il gesto di ipnotizzarla.

«Dio, sei veramente un bambino».

«Pensa che fingevo di incontrarti per caso, dopo aver chiesto ai tuoi amici dove fossi. *Salli, che sorpresa! Anche tu qui?*».

«E ti chiamano genio».

«Be', ha funzionato, no?».

«Già. In effetti ha funzionato».

«Ti ho mai detto di quando ti aspettavo a teatro, mentre finivi di struccarti in camerino? Per ammazzare il tempo giocavo con il tizio del guardaroba: teneva la scacchiera in bilico sul suo seggiolino e quando rifletteva si ficcava sempre le dita nel naso. Poveraccio. Continuava a dirmi, *Sei abbastanza forte, lo ammetto, ma prima o poi ti batto*».

«L'unica persona di Riga che non ti conosceva».

«E mi annoiavo tantissimo a stracciarlo. Hai visto quanti sacrifici per averti?».

«Sono senza parole, guarda».

«Ero geloso di te ancora prima di baciarti».

«E lo sei pure adesso».

«Sì. Non lasciarmi, Saska».

Può un essere umano concepire una tale gioia e nel contempo non provare già delusione e nostalgia nei suoi confronti, voler accamparvi diritti che per veto divino non ci spettano? Anche un edonista noncurante come Miša percepiva che ora la sua felicità era così vasta, un impero più grande di tutte le Russie, da contenere per forza di cose un'insidia che persino i suoi poteri non sarebbero stati in grado di cancellare: lui che non temeva niente sulla scacchiera, provava la più scontata delle paure. E anche in futuro, anche dopo la caduta dal trono e il divorzio da Salli e il nuovo amore con Gelja, anche nei giorni più difficili del presente, quella paura non sarebbe mai scomparsa davvero.

Massaggiò la testa tonda e calva dell'unico pedone catturato, poi sviluppò il cavallo in c3 e in risposta Akopian portò il re in h8. Tutto sotto controllo: il Nero aveva la coppia degli alfieri, attivabile con alcuni cambi al centro, il che combinato alla pressione sulla colonna g avrebbe creato qualche grattacapo; ma la posizione del Bianco appariva comunque solida. Il problema, piuttosto, erano la febbre e i brividi che lo scuotevano all'altezza delle spalle, il mal di gola, le emicranie: in quelle condizioni non avrebbe retto per molto.

Miša collocò una torre in d1 e guardò Akopian spostare la sua torre dove prima c'era il re; altre due mosse reciproche di donna, quindi accentrò il cavallo, emise un roco sospiro e disse, cercando di governare la voce: «Volodja, la mia offerta è sempre valida».

Akopian alzò appena le sopracciglia, le mani ancora strette sulle tempie. Scosse il capo.

Niente patta. D'accordo, d'accordo, il ragazzo aveva tutte le ragioni di giocarsela fino in fondo, ma Miša la percepì comunque come una mancanza di rispetto. Annuì due volte e deglutì a fatica un grumo di saliva, provando a ricacciare indietro l'offesa; scrutò rabbiosamente la scacchiera alla ricerca di un sacrificio che non c'era – ai vecchi tempi l'avrebbe trovato comunque, a costo di inventarselo dal nulla – finché una nuova fitta non gli lacerò la tempia destra. Chinò il mento.

D'altro canto soffrire non era certo una novità. Il corpo l'aveva tormentato fin dai vent'anni, e in cambio lui lo abitava come un inquilino indisciplinato e perennemente moroso. Nonostante i dodici interventi chirurgici e una quantità incalcolabile di piccoli ricoveri si ostinava a bere, a fumare decine di sigarette al giorno, e si allenava tanto duramente quanto erraticamente, balzando irrequieto da una sequenza di mosse all'altra, a tarda notte come all'alba. Negli anni Settanta a Riga potevi talvolta vederlo su una panchina davanti alla Daugava, intabarrato nel cappotto grigio tortora: guardando la massa d'acqua cinerina – e oltre ancora la tozza figura del castello – riandava le partite a memoria: i conoscenti gli rivolgevano un cenno e lui non se ne accorgeva, perduto sotto le canopie della sua foresta mentale. Ma per lo più amava starsene a casa, nell'appartamento di Gor'kij iela, avvolto nel fumo, con un libro o il telefono in mano, tre scacchiere su cui erano composte tre posizioni diverse, una tazza di caffè sepolta tra le pile di riviste – *64* o *Šachmaty v SSSR*, con quel cavallo dal grugno rabbioso in alto a sinistra; e *Šachmatnyj Bjulleten'* nelle sue sfumature vivaci o pastello che gli mettevano sempre allegria, arancio verde blu fucsia, una corona stilizzata in copertina – o ancora lettere che attendevano da tempo risposta e posacenere traboccanti, una partita di hockey alla televisione, e lui già pronto a ripartire malgrado un consiglio medico avverso, o una notte di febbre alta.

Vita, vita, vita. I tornei. Le esibizioni in simultanea contro i dilettanti. Le visite nelle scuole.

Le interviste. Gli articoli di commento, i reportage, i libri da dettare. E le avventure assurde e comiche che gli capitavano ogni volta: si divertiva a immaginare, storpiandoli, quali rapporti avrebbero stilato gli agenti del KGB, sfiniti dalla sua perseveranza nel combinare guai.

Il cittadino Michail Nechem'evič Tal' ha offerto undici bicchieri di rum e coca a un suo rivale, il quale ha ricambiato offrendogli undici brandy; il mattino successivo, dopo due ore di sonno, Tal' ha comunque vinto la partita in programma e con essa il torneo cui partecipava. Il cittadino Michail Nechem'evič Tal', così ubriaco da essersi addormentato al tavolo di un ristorante, è stato portato fuori a braccia dai cittadini scacchisti Boris Vasil'evič Spasskij e Viktor L'vovič Korčnoj, in pessimi rapporti fra loro ma a quanto pare uniti nell'affetto verso colui che chiunque, con occhi adoranti, chiama semplicemente «Miša». Il cittadino Michail Nechem'evič Tal' ha ricevuto una lettera ambigua da un'ammiratrice che recita «Coniglietto mio, sei dolcissimo. Ti sogno»: si raccomanda di approfondire la relazione con la suddetta donna. Il cittadino Michail Nechem'evič Tal', irresponsabilmente inviato in viaggio da solo con il cittadino Ratmir Dmitrievič Cholmov, egli stesso noto scacchista e assiduo bevitore, ha perso l'aereo di ritorno da Vienna a Mosca causa stato di ebbrezza. Il cittadino Michail Nechem'evič Tal' è stato arrestato vicino alla stazione Belorusskij, poco dopo aver aggiornato la partita con il cittadino scacchista Isaak Efremovič Boleslavskij (era in compagnia di una ragazza e aveva lasciato i documenti in albergo): il capo della caserma dove è stato condotto stava analizzando proprio la suddetta partita; perciò, una volta presentatosi, Tal' l'ha studiata insieme a lui (ma il mattino seguente ha perso l'incontro). In un bar olandese, dopo una lunga serie di doppi gin tonic, il cittadino Michail Nechem'evič Tal' si è prodotto in un'imitazione canora del jazzista americano Louis Armstrong, mettendo in imbarazzo alcuni astanti ma – sia messo agli atti – affascinandone molti di più. Il cittadino scacchista Anatolij Stepanovič Lutikov è stato sorpreso ubriaco nottetempo nella città di Soči, mentre trascinava un individuo altrettanto ubriaco sulle spalle: l'individuo è risultato essere il cittadino Michail Nechem'evič Tal'. Al termine di un tour europeo il cittadino Michail Nechem'evič Tal' ha perso il suo passaporto, che è stato ritrovato inspiegabilmente nella tasca del capo delegazione Aleksandr Aleksandrovič Kotov; altrettanto inspiegabilmente, il passaporto di Kotov era nel cappotto di Tal'. Di ritorno in patria, in palese stato di postumi da sbornia, il cittadino Michail Nechem'evič Tal' (presente il più giovane cittadino scacchista Mark Izrailevič Dvoretskij, cui avrebbe dovuto dare il buon esempio) ha affermato di possedere «un pochino» di valuta straniera: e nonostante la biasimevole affermazione – occorreva dichiarare la quantità precisa, e farlo subito – il doganiere l'ha colpevolmente lasciato passare, forse offuscato dalla personalità del giocatore. Infrangendo ogni regola e gettando fango sulle nostre istituzioni, alle Olimpiadi dell'Avana nel 1966 il cittadino Michail Nechem'evič Tal' è uscito senza permesso dall'albergo con il già noto cittadino Viktor L'vovič Korčnoj, per recarsi in un night club; qui ha ricevuto una bottigliata in testa a causa di un apprezzamento nei confronti di una donna, con conseguente ricovero di tre giorni in ospedale: si raccomanda perentoriamente un severissimo intervento disciplinare.

Eccetera eccetera.

Gli sconosciuti lo avvicinavano ai bar degli alberghi per chiedere un autografo o una partita lampo o raccontargli qualcosa di inutile che lui cortesemente ascoltava, portando una Kent alle labbra e spegnendola dopo un paio di boccate. Tutti volevano conoscerlo, rivolgergli parola, prendersi un pezzettino di Tal'. Negli Stati Uniti un tizio gli domandò di giocare per cinquanta dollari, e lui lo fissò allibito; il tizio, con un tono fra il supplichevole e il petulante, alzò il prezzo: cento dollari. Al che Miša si fece una risata: ma no, no! Si sarebbero divertiti gratis. (E magari quell'uomo era un disgraziato; magari sarebbe tornato a casa, avrebbe litigato con il fratello o tirato un ceffone senza motivo alla figlia: ma per una volta aveva giocato con Michail Tal', Michail Tal', capisci?, avrebbe detto alla moglie che lo squadrava con astio: e il ricordo sarebbe rimasto con lui fino alla morte, un bene minimo ma sottratto ai fallimenti e alle menzogne: anche questo potevano gli scacchi).

Non è un atteggiamento professionale, gli dicevano. Sei troppo disponibile, lo rimbrottavano – quei rigorosi adepti del mondo reale, che andavano in giro per le sale di torneo con il naso all'insù, prendendosi tragicamente sul serio. Ma il mondo reale era stupido: era pieno di vigliaccheria, tasse, spese al mercato, documenti, calcestruzzo, incombenze; di lento o repentino morire; era dominato dalle leggi svilenti dell'idraulica e dell'economia e della medicina: non gli piaceva.

Era fatto di automobili e lui non aveva la patente – aveva regalato a suo fratello la macchina vinta con il titolo mondiale. Era dominato da uomini con la cravatta e lui non era nemmeno in grado di annodarsela.

Nel mondo reale era ovvio non saccheggiare i frigobar degli hotel, arrivare puntuali agli appuntamenti, comportarsi con estrema circospezione, misurare le altre vite in base a opportunità o danaro, non sposarsi più volte (il Comitato ti accuserà di immoralità, caro Miša, e ti renderà l'esistenza impossibile): così com'era ovvio giocare a scacchi secondo buone norme posizionali e con un occhio alla classifica, senza assumersi rischi eccessivi. La gente nel mondo reale non teneva i soldi ammucchiati a caso nelle tasche – rubli, franchi, dollari, fiorini – né dimenticava assegni e documenti nelle stanze d'albergo; sapeva come accendere il gas e cucinarsi qualcosa; e certo non si addormentava sbronza in poltrona, con le mani infilate sotto le ascelle e una sigaretta accesa sulla moquette.

Ma lui era lui. Abitava un regno popolato da sovrani e cavalieri, non dissimile dalle fiabe che sua madre gli raccontava prima di coricarsi – le imprese di Kurbads, l'eroe lettone che combatte un demone a nove teste – e continuamente alimentato da nuove idee, da nuove sfide, come un possente fiume trae vita dai ghiacci perenni: perché mai avrebbe dovuto imparare ad accendere il gas o mettere la testa a posto, qualunque cosa significasse? Si guadagnava da vivere giocando e nulla poteva ferirlo; viveva come protetto dall'ampio nimbo vitreo dei santi in certe tele nordiche del Cinquecento.

Così infilava libri e riviste in valigia – le mogli dovevano prepargli le mutande e le camicie di ricambio; Koblents ricordargli quando mangiare e dormire – e partiva. Collezionava nomi di città come i biglietti da visita degli alberghi o i regali per figli e amici: Biel, Zurigo, Milano, Zagabria, Bruxelles, San Francisco, Manila, Palma di Maiorca... A differenza di quasi ogni altro cittadino sovietico, aveva la possibilità di spostarsi ovunque: e non era facile spiegare agli occidentali cosa significasse questo genere di libertà, né quanto fosse semplice perderla.

Eppure, benché sedotto dalla musa dei lunghi viaggi (come scrivevano i suoi adorati Il'f e Petrov) non nutriva molto interesse verso i luoghi. Aveva appena qualche preferenza, città e paesi che lo ispiravano più di altri; ma metropolitane, buffe statue bronzee, abbaini, torme di gente frettolosa, panifici, mercati, piazze ovali o squadrate, tutto il variopinto paesaggio urbano era per Miša poca cosa: lo attraversava dall'albergo alla sala da gioco aprendo e chiudendo le mani nelle tasche del cappotto, i capelli arruffati e il viso contratto. Una sommessa pioggia estiva poteva destarlo all'improvviso dai calcoli, come un sonnambulo batte la fronte su una porta chiusa: guardava il marciapiede chiazzato d'acqua, fiutava l'odore gessoso dell'aria, e riprendeva a sgranare mosse. In altri giorni alzava gli occhi e scopriva di aver sbagliato strada: eccolo davanti a una quercia che spiccava solenne in fondo alla via, o lungo un porto dove le sagome delle navi ancorate emergevano appena dalla nebbia, o avvolto in un crepuscolo ocra e venato di resina. Sorrideva.

Talora ricordava gli anni della guerra quando, ancora molto piccolo, era stato spedito con la famiglia nel Permskij Kraj dopo l'invasione tedesca – fra i pochi fortunati sfuggiti alle precedenti deportazioni sovietiche, alla Siberia o alla morte. Il paesaggio dal finestrino sfumava nella sua memoria sovrapposto ad altri scorci letti in Čechov o Tolstoj: una terra scabra e orizzontale, popolata da abetaie e villaggi sparuti, e gracchi in volo sopra il loro treno che, d'un tratto, fu bombardato dai nazisti: rammentava il corpo della madre steso su di lui per proteggerlo, il cuore di lei battente nel fragore degli aerei, il suo respiro strozzato, il volto nell'erba del campo dov'erano fuggiti. (Quella sensazione di assoluta sicurezza in mezzo al massimo pericolo: proprio ciò che avrebbe provato anni dopo scatenando i suoi attacchi nei tornei).

Ma ricordava ancor meglio i pazienti del padre che giocavano a scacchi in attesa di farsi visitare, ammassati nel corridoio della loro provvisoria dimora a Jurla: la litigiosa determinazione – per lui bambino ancora un enigma – nel muovere i pezzi e nel proporre altre idee;

il silenzio estatico di fronte a una trovata; i sorrisi e gli insulti e il lampo di sadismo che si accendeva negli occhi del vincitore, o la disperazione che affliggeva lo sconfitto. Bianco e nero. Sessantaquattro caselle, otto traverse, otto colonne; una mossa ciascuno, una volta ciascuno. Tutto così netto e semplice.

E, in forma oscura, si manifestava in Miša una certezza che l'avrebbe accompagnato per sempre: quel gioco non era soltanto una tregua per esuli e lavoratori; era la paziente tessitura di un altrove. Un mondo nuovo, dove fucili e bastoni non costringevano gli alfieri a muoversi e la vittima era in grado di rifarsi sul carnefice. Un'altra occasione: girare il tavolo, pretendere rivincita, esattamente quanto la realtà negava.

Quegli uomini dalla pelle squamata, orbi da un occhio, sdentati, affamati, incattiviti, gli arti afflitti dai geloni e le teste avvolte da bende sporche, proclamavano con la loro mera presenza, spingendo pedoni e mangiando torri: ecco – qui tutto è davvero equo. Qui le capacità di ognuno valgono per ciò che sono. Non esistono privilegi né guerre né teorie filosofiche né fame né sete. Niente botte, carceri, confische di beni o minacce, e nemmeno il futuro cui altri si dedicano con tanta abnegazione, edificato cadavere su cadavere.

Tuttavia, con grande rammarico di Miša, il leggiadro mondo del gioco non aveva le forze per sollevarsi e staccarsi dal resto, fondando un proprio regno autonomo. Nessuno si faceva carico di predicarne il vangelo, e terminate le partite tutti tornavano a quanto appreso fin da fanciulli, l'ovvietà della sopraffazione e della paura. Ma lui era lui e in ogni torneo prestava fede a quell'antica certezza.

La sera invece, dopo avere vinto o perso o pattato, vagava nei bar – seduto a quei bei banconi di zinco, con lampade che gettavano una luce limone sopra il muro di liquori, sopra cannucce, shaker, bottiglie di angostura e tabasco, ciotole di salatini e arachidi e pistacchi, le onde grigioviola del fumo, le sedie imbottite color rubino – oppure in un ristorante con qualche collega altrettanto piratesco, una festosa brigata di scacchisti pronti a tirare le quattro di mattina, e che importava se ci fosse un'altra partita ad attenderlo – il cittadino Michail Nechem'evič Tal' avrebbe comunque dato spettacolo.

«Ma perché fumi così tanto, Miša? Perché bevi così tanto, Miša?».

Quante volte aveva sentito quelle domande, dai medici, dai parenti, da Koblents. Coglieva anche la tristezza e l'imbarazzo negli sguardi dei colleghi o dei fan quando proprio esagerava, pencolante per la sala o prima di crollare fra le braccia conserte: certo, vedere il grande Tal' conciato come un ubriacone qualunque non doveva essere una scena piacevole. Così dopo le domande arrivavano i consigli: mangiare in modo più sano, fare sport, smetterla con vodka e brandy – a maggior ragione vista la sua salute precaria. Era un genio: non poteva bruciarsi così.

Ma Miša alzava le spalle, sorrideva come di consueto, e taceva la semplice verità: bevo e fumo e mi sono fatto anche di morfina, cari miei, innanzitutto perché mi piace, e poco importa se mi distrugge; anche la gioia terrena ammette forme di martirio. Bevo e fumo perché rifiuto l'ascetismo dei fanatici: per la vita sono onnivoro e voglio conciliarla con la mia ossessione, ma non ho le forze di affrontarla in tutta la sua massa incalcolabile di variazioni e contromosse. Dà alla testa persino a me, esattamente come può accadere a un fabbro o a un postino; essere un genio, in fondo, non cambia nulla.

Dunque bere perdonava le colpe e smussava i difetti, rendeva più pure le risate. A torto o a ragione, un ubriaco si vendica dell'intero cosmo: potete schiacciarmi, mutilarmi, fare ciò che volete di me – ma io sono sbronzo, conosco la vanità di ogni programma a lungo termine, e questo non me lo toglierete mai. Tanto vale giocare.

Infine, l'alcool leniva il dolore incessante. Quanta sofferenza può produrre un corpo? Quanta ne può sopportare? Nessuno aveva chiara l'entità dei suoi spasmi ai reni, di cui soffriva senza che gli esperti riuscissero ad apporvi un nome esatto: erano così violenti da accecarlo, strappargli il respiro, paralizzarlo sulla sedia. Quante volte aveva giocato sudando freddo per le fitte e mordendosi le guance al punto di sanguinare, aspettando solo di essere soccorso nei bagni della sala da torneo o più tardi, a casa di amici angosciati; quante volte aveva sentito la sirena dell'ambulanza fendere la notte, per accompagnarlo di nuovo in ospedale...

Nella maggior parte dei casi la malattia, se prolungata e inelimabile, consuma un essere umano fino alla disperazione; altrettanto spesso lo indurisce; ma Miša non ascoltò mai le sirene del vittimismo. Non trasformò i suoi impedimenti in rancore, né li usò come scusa per giustificare le sconfitte. Aveva scelto di vivere fino allo stremo: senza tradire la propria educazione, il galateo che animava ogni suo gesto, amabilità garbo e cortesia; ma fino allo stremo.

Mentre cercava di tornare al presente, nella sala di quell'albergo accanto alla Rambla, provando in tutti i modi a ricondurre i pensieri sulla scacchiera, elaborare un piano alternativo, guardare Akopian che adesso si era alzato e stava stirando le braccia, l'onda lo spinse nuovamente alla deriva, verso le notti di un tempo. Le notti di Mosca o Tbilisi o Char'kov, scandite dai brindisi e dall'allegria dei commensali, felici com'erano di avere con loro quell'uomo straordinario e intelligente, il Mago di Riga, e di essere sopravvissuti allo sfacelo degli anni più duri.

Miša era un patito delle ore in cui le persone si svegliano di colpo da un incubo e ricapitolano senza volerlo i propri fallimenti, seppellendosi nelle lenzuola fino al mento e mormorando a fior di labbra tutti gli insulti che l'indomani non diranno al capo o al marito o al collega, gonfiandosi il cuore di amarezza e temendo oscure rappresaglie: le ore d'ambra, come le aveva chiamate una volta, pensando al colore gettato da certi lampadari, uniche pozze di luce rimaste nei ristoranti e sotto le quali, mentre fuori il buio paralizzava nei letti gli onesti cittadini, lui cercava ancora di rubare tempo al tempo: ordinando un altro giro o lanciando un applauso alla banda che sudava sui violini, fra i camerieri che spazzavano mestamente a terra e si portavano le mani ai fianchi indolenziti.

Poi le sedie sui tavoli, il silenzio improvviso, tre colpi di interruttore spegnevano le lampade, e lui trascinava un collega altrove per giocare lampo. Non era mai difficile trovare una stanza dove rifugiarsi e rimandare l'arrivo dell'alba.

«Dai, un altro paio».

«Ancora?».

«Dai».

«Ho moglie e figli».

«Che staranno dormendo serenamente e non vorrai certo svegliare ora».

«No, sul serio: mi si chiudono gli occhi, Miša. Fammi andare a casa».

«L'ultima».

«Sì, l'ultima. Con te è sempre l'ultima».

Si passavano le mani sui visi raggricciati, la bocca inaridita dal fumo e dalla veglia; e Miša, mettendo in ordine i pezzi, ridacchiava: «Già. È *sempre* l'ultima!».

Il problema dell'esistenza era l'abbondanza di metafore ingannevoli. Per lui il tempo assomigliava a un lago che non doveva essere attraversato lentamente, bensì prosciugato alla svelta. Se andavi abbastanza veloce, se avevi il coraggio di bruciarti nel processo, l'infelicità non poteva raggiungerti davvero: la graduale trasformazione in un essere umano disilluso e incapace di stupore, un destino che riguardava la stragrande maggioranza del pianeta, non sarebbe avvenuta. Il prezzo da pagare era ovvio – il corpo macilento davanti al quale ora Akopian era di nuovo seduto, si carezzava una guancia, inspirava profondamente con il naso – ma la libertà cui Miša aspirava si fondava proprio sulla possibilità di distruggersi seguendo l'estro del momento, come un sacrificio irresistibile ma che forse condurrà alla sconfitta. Una lotta incessante contro le proprie forze, solo per scoprire ogni volta, e con immensa sorpresa altrui, che quelle forze non si erano affatto esaurite.

Così dopo essere risorto di torneo in torneo e di brindisi in brindisi si ritirava in una camera d'albergo, la cinquantesima sigaretta fra le dita mentre fuori la notte infine terminava, fibrillando e riacquistando i primi colori. C'era un tepore piacevole, in quella solitudine; una sottile malinconia cui amava abbandonarsi dopo una telefonata a casa e le raccomandazioni perentorie degli agenti che lo tenevano d'occhio: chiudeva la porta dietro di sé, apriva il frigobar, si versava un altro bicchiere e guardava fuori dalla finestra un lungofiume deserto, punteggiato da lampioni giallo uovo, o i condomini di una periferia grigia come un'acquaforte, o una teoria di balconi decorati in ferro ritorto: rosoni, lance, pannelli floreali.

Apriva le imposte e respirava l'aria densa delle estati georgiane o si lasciava ferire dai venti torbidi di qualche città del Nordamerica, barcollando, un sorriso di vittoria sul viso: era ancora lì. Ancora in vita. Ancora in grado di ricomporre mentalmente intere partite e avvertire con la medesima freschezza il palpito di una mossa perfetta, quasi fosse un dono immeritato del destino e non opera della sua creatività: la torre lasciata in presa in c5 contro Hjartarson, alcuni anni prima a Reykjavík; la donna che piove sulla seconda traversa contro Smyslov, nel '64. Il gioco, anche in quelle ore remote, gli era sempre presente; sempre più suo.

Dove sarebbe giunto se si fosse allenato seguendo un programma rigoroso? A giudizio di Botvinnik in persona sarebbe stato impossibile affrontarlo. Il tipico modo di pensare botvinnikiano, tutto causa ed effetto: ti svegli al mattino e fai ginnastica, analizzi le tue partite, studi, poi un pranzo leggero, un pisolino, di nuovo alla scacchiera, ovviamente niente alcool né sigarette, a letto presto e via così fino alla morte, che sarebbe senz'altro giunta al momento opportuno, laconica e noiosissima anch'essa. Ma lui era lui e con lui non avrebbe mai funzionato. Del resto scegliere di ardere il proprio genio è a sua volta opera geniale: soltanto i mediocri credono sia possibile incrementarlo giorno dopo giorno, o proteggerlo dagli urti. Il talento sepolto non porta frutti, e forse nemmeno il talento investito con oculatezza. Solo quanto dissipato è realmente vivo.

Un ultimo lembo di notte, come la coda di un gatto che scompare dietro l'angolo: Miša accendeva la luce del bagno in Argentina o in Canada o in Germania e guardava allo specchio il suo aspetto mutare negli anni, il ventre ora più gonfio ora meno, i capelli diradarsi, i denti che ingiallivano. Poi allungava un dito sulla superficie per raggiungersi, quasi a verificare la propria presenza. L'aveva fatto anche la sera precedente, con i pantaloni del pigiama e un gilet sopra la camicia bianca, tremando per il freddo, e aveva contemplato a lungo l'immagine riflessa, il suo viso ossuto. Ecco il prezzo pagato ormai quasi per intero, un sacrificio esso stesso in cambio di giorni traboccanti festa come cornucopie ricolme di uva melograni arance e fiori – tutta la vita che furiosamente bramava, e che aveva divorato.

Stropicciò la faccia con il dorso delle mani. Dove si trovava? Che giorno era?

Oh, sì. Maggio 1992. Barcellona. L'ultimo turno. Niente patta.

Aveva lasciato vagare la mente come al solito, anche più a lungo del solito, e il suo orologio ticchettava consumando il tempo a disposizione per la partita. Cercò d'istinto il pacchetto di Kent, ma non si trovava né al suo fianco né in tasca – l'aveva scordato uscendo – e comunque fumare al tavolo era ormai proibito. Abbassò gli occhi: sul pavimento marezzato correvano piccole macchie luminose, come onde di un mare giallognolo. Li rialzò: Akopian aveva portato la torre in c8.

A Miša capitava sempre di smarrirsi durante il gioco, immaginando varianti che non c'entravano nulla, ricordi dell'infanzia o persino poesie, come quella volta contro Vasjukov: quaranta minuti passati a riflettere su una filastrocca di Čukovskij – l'aveva letta al mattino a suo figlio – in cui si parlava di estrarre un ippopotamo dalla palude. Un'impresa ben rude, rimava il poeta. In effetti, come fare? E quanto diamine pesava un ippopotamo? Parecchio. Tonnellate, probabilmente. Quindi una scala a pioli era inutile; e le corde potevano spezzarsi. Forse una robusta tavola di legno – facciamo due, una sopra l'altra – e molti uomini che tirano e spingono? Ma no. Un argano con sottopancia e cavi di metallo – o addirittura un elicottero? Quaranta minuti così, poi si era stufato; era tornato in sé, aveva sacrificato il pezzo che voleva sacrificare senza troppi calcoli, e aveva vinto. Come molte altre volte, sentiva semplicemente che avrebbe funzionato.

(Calcolava con rapidità e precisione straor-
dinarie, ma il suo vero talento era un altro, di
ordine puramente intuitivo: con uno sguardo
rinveniva il capo del groviglio di pezzi, vede-
va la posizione futura come i lineamenti di una
scultura non ancora liberata dal blocco di mar-
mo. A differenza di chiunque altro trascende-
va il rapporto fra causa ed effetto, la contabi-
lità delle varianti: balzava d'un colpo verso la
quarta o la quinta o la decima mossa, ed ecco
qualcosa: la transizione a un finale vinto, un
matto con l'alfiere campochiaro – qualcosa).

Morse le labbra e grugnì, scuotendo la testa.

Dunque, dunque, dunque. Torre in c8. Con-
centrati, vecchio.

Deciso a trarre fuori dal fango il suo attua-
le ippopotamo e punire l'arroganza dell'avversario, Miša sollevò il pedone in f2 e lo avanzò
di due case. Avrebbe potuto cambiare in c6 per
liquidare la pressione eliminando almeno un alfiere, ma perdendo il cavallo accentrato: tuttavia se la patta era fuori discussione – se entrambi dovevano proprio giocare per vincere – allora benissimo, poteva raccogliere le poche forze e gettarsi all'assalto, benché non vi
fossero possibilità concrete. Parliamoci chiaro,

si disse dopo aver premuto l'orologio, il Bianco non ha un vero attacco, io e te lo sappiamo perfettamente: questa mossa indebolisce il lato di re e nulla di più. Ma che altro ti resta?

Akopian fece retrocedere l'alfiere in d7 e Miša difese il pedone in c4.

Dal lato opposto della sala, fra il pubblico, intravide un uomo sorridergli e ricambiò. Erano in pochi a notarlo, ma appena prima di spegnersi il suo sorriso si torceva sempre in una lieve smorfia di dolore, in qualunque condizione fisica fosse. L'uomo lo additò bisbigliando qualcosa all'orecchio del vicino, che lo squadrava annuendo: *guarda, guarda Tal'*. Miša sospirò. Il passato lo sovrastava come una condanna e nessuno sapeva cosa significasse assistere da vivo, e già da molto tempo, alla sua trasformazione in leggenda: gli anni d'oro, il declino e le rinascite, e tutte le storielle che giravano continuamente di bocca in bocca, alimentandosi a vicenda e componendo un'aneddotica non priva, temeva, di apocrifi – *Il cittadino Michail Nechem'evič Tal' ha fatto così e cosà*.

Non ci badava molto, ma ogni tanto aveva un sussulto di tristezza, la vecchia paura in nuove forme. Era diventato campione troppo giovane, troppo giovane era caduto; l'immagine dell'astro che brucia nel cielo notturno gli era venuta a noia, e temeva che la sua intera biografia fosse ridotta a poche istantanee: sguardi, sbronze, frasi fulminanti. Del resto, pensava, abbiamo tutti il goffo bisogno di chiuderci in una formula – il Patriarca, il Mago di Riga – perché il mistero ci atterrisce quanto il nostro destino di ignoranza: nulla sappiamo realmente degli altri, nulla sapremo mai di loro.

Così Miša celava momenti da custodire ben lontano dalla fama: non le sbronze o la bottigliata in testa all'Avana ma la quiete del suo secondo matrimonio: la figlia Žanna fatta ballare sulle ginocchia una sera d'estate, mentre Gelja gli carezza dolcemente i capelli; non le scappatelle cui è incapace di resistere – le donne lo adorano, lui adora le donne, le seduce con la sua parlantina e le porta a letto e poi non sa più come comportarsi – bensì un assolato mattino di giugno a Riga, nell'appartamento di Gor'kij iela, lui e Salli nudi fra le lenzuola, il cielo ardesia ritagliato dalla finestra. Una fetta di chačapuri con un bell'uovo giallissimo e tutto colante sopra, in un ristorante di Tbilisi dall'insegna in metallo brunito. Rileggere come nella casa di Elena

Stanislavovna, in un capitolo delle *Dodici sedie*, ci sia un pappagallo bianco in mutande rosse (un pappagallo bianco in mutande rosse!) che quando parla per la prima volta dice: «A che punto siamo arrivati!».

E ora gli sovvenne un fatto in particolare: sta tenendo una simultanea sulla costa lettone, a Jūrmala, contro una ventina di dilettanti: le dune di sabbia, le abetaie, il mare cobalto chiaro: l'unica persona in grado di pattare è una ragazza, ma quando le stringe la mano e il pubblico applaude, lei scoppia a piangere – non ha annotato il testo della partita. Allora Miša la invita a prendere carta e penna, e le detta tutto dalla prima all'ultima mossa; infine scribacchia il suo autografo, le sorride, le augura ogni bene.

Chissà dov'era finita. Giocava ancora? E se non giocava, quale esistenza poteva condurre? Era felice? A lui sembrava impossibile essere felici senza gli scacchi.

Il ricordo di quel piccolo gesto lo commosse, mentre riordinava i pezzi catturati in un'unica fila alla sua sinistra. Essere gentile gli era sempre venuto naturale; vedere la letizia accendersi nel viso altrui era un piacere irresistibile, e sentirsi amato una dipendenza forte quanto l'alcool. Ma quando le cose si complicavano e le persone reclamavano una forma superiore d'attenzione – quando la vita si riempiva di screzi e ferite, l'allegra generosità non era più sufficiente, e i suoi sentimenti intensi ma volatili parevano avere effetti peggiori dell'odio o dell'indifferenza – allora Miša cadeva nell'angoscia e preferiva sgusciare via, sperando che i problemi si risolvessero da soli.

Era una strategia adottata fin da bambino, perché a lui tutto in fondo era dovuto: famiglia e amici dovevano stirargli gli abiti, sfamarlo, compilargli le scartoffie, stare al suo passo – e del resto, chi mai non avrebbe aiutato il tenerissimo e imbranato Miša? (Prima del match contro Botvinnik, Koblents aveva chiesto a Isaak Boleslavskij di assisterlo nella preparazione, ma il Grande maestro ucraino aveva alzato una mano e scosso le guance molli: «Tal' non ha bisogno di un allenatore. Ha bisogno di una tata»).

Il capriccio, pensò ora con l'onestà dei febbricitanti: l'incapacità di resistere al capriccio, ecco cosa mi ha perseguitato. Ho fatto quel che volevo perché ero sicuro del perdono altrui.

Amare sembrava semplice, e lui certo amava, ma prendersi devotamente cura degli altri era assai più arduo. Era un padre tenerissimo, ad esempio; adorava i suoi figli, giocava con loro, sapeva sempre trovare la parola giusta per confortarli – e tuttavia come conciliarli davvero con la sua vita? Come cambiarli, nutrirli, assisterli in ogni notte di incubi e in ogni sterminato pomeriggio di lacrime e noia? Doveva andarsene errabondo da qualche parte, cenare con gli amici, o incontrare il suo nuovo allenatore, un giovane simpatico dagli occhi verdognoli di nome Genna Sosonko, per studiare nuove idee lavorando dodici ore di fila – oppure fregarsene di tutto e giocare, nient'altro che giocare. *Doveva*, sì: perché in alcuni di noi pulsa qualcosa che non ci appartiene fino in fondo, un bisogno terribile e che pure occorre sfamare, la cui violenza ci rende più sfuggenti e insieme – ecco il paradosso, il suo piccolo ricatto quotidiano – più desiderabili.

Anche Larisa Sobolevskaja – attrice e collaboratrice occasionale del KGB, sua amante a Mosca negli anni Sessanta, mentre Salli e Gera lo aspettavano a Riga – gliel'aveva detto, quasi con un'ombra di scontento: era impossibile non desiderarlo.

Si trovavano in una camera d'albergo durante uno dei loro primi incontri, entrambi seduti sul bordo del letto, come bambini che agitano le gambe da un lungofiume. Lei fumava fissando il tappeto e parlava lentamente, conferendo a ogni frase un'enfasi teatrale, mentre nella stanza scolorita e un po' umida si udiva di tanto in tanto il crepitio dell'acqua nei termosifoni. Tempo dopo Miša sarebbe finito nei guai per quella relazione, inaccettabile secondo gli standard morali del Partito, rischiando di essere escluso dalle competizioni; e sarebbe stata proprio Salli a salvarlo, prima ammettendo pubblicamente di essere una *cattiva moglie* (lei, la tradita!) e poi placando il Comitato fingendo di chiedere il divorzio. Lui l'avrebbe ringraziata incredulo e radioso, scordandosi d'un colpo di tutta la sofferenza che le aveva arrecato.

Ma in quel momento si trovava ancora nell'ennesima stanza dell'ennesimo hotel, mentre fuori cadeva una pioggerella titubante. Il comodino era ingombro di fogli, matite, pacchetti di sigarette e scatole di medicinali, in mezzo a cui spuntava una scacchiera portatile quasi priva di pezzi: un finale da analizzare, forse vinto, forse patto.

«Tutti ti vogliono perché sei diverso», aveva detto Larisa. «Per cominciare, anche se fai lo scacchista, non sei un disadattato monomaniaco».

«Grazie per averlo notato».

«Sì, ma c'è dell'altro. L'ho visto subito quando ci siamo incontrati: è qualcosa che a un'attrice non sfugge. Basta la tua presenza a rischiarare l'atmosfera, come se – non so, qualcuno mettesse un fiore nel vaso di una stanza deserta».

A quell'immagine lui aveva riso, ma lei era rimasta seria.

«Non è la tua faccia. E nemmeno le buone maniere o il successo».

«Cos'è, allora? Sentiamo».

Larisa aveva spento la sigaretta e scosso le spalle quasi stizzita, o invidiosa: forse, aveva buttato lì, la certezza di vedere qualcuno che arde davvero. Tutti pensavano di ardere, ogni singolo imbecille in quel paese di imbecilli poteva battersi il petto e dirti che ardeva per te o il Partito o il lavoro o la poesia, ma erano per lo più sciocchezze da disperati. Pochissimi ardevano come lui, con candore e noncuranza: era un uomo davanti al quale tutto il resto perde rilievo, una creatura che esercita il diritto cui ognuno segretamente aspira – vivere al di là delle incombenze e del potere.

«È molto pericoloso», aveva concluso. «Hai qualcosa di pericoloso».

«Sono noto per i miei attacchi spericolati», aveva risposto Miša, un po' a disagio per quello strano discorso.

Si erano scambiati uno sguardo – occhi azzurro cupo e occhi neri che cercavano di piegarsi a vicenda.

«Tutti ti vogliono ma non ti fai prendere da nessuno, eh?».

«Sono qui con te, mi sembra. Aspetta, aspetta, fammi controllare». Aveva portato la sua mano buona al viso di lei, la mano sinistra, e nel contempo aveva guidato il braccio della donna verso la sua testa, dandosi un paio di buffe pacche con il palmo aperto. «Sì, direi proprio che sono qui con te».

«Davvero?», aveva sorriso Larisa. «Non ne sarei così sicura».

Così prima Salli e Gera poi Gelja e Žanna cenavano con la sua sedia vuota, quando di colpo il telefono squillava: era Miša che si profondeva in scuse sincere giurando di tornare presto. E tornava, infatti, allegro e scarmigliato. Baciava tutti, consegnava i regali, passava qualche giorno in famiglia e quindi ripartiva. Voleva che ogni rapporto fosse limpido e senza screzi, che i piatti fossero serviti caldi e ben speziati e la ex moglie e la nuova moglie e i rispettivi figli andassero d'accordo, così che lui potesse sorridere innocente a tutti. Invece le persone si ribellavano al ruolo. Le persone erano un casino, come aveva ripetuto diverse volte a Spasskij, il quale non aveva saputo fare di meglio che stringersi nelle spalle: sì, Borja, gli aveva detto, le persone sono un gran bel casino. Litigano, odiano, si feriscono, muoiono: intollerabile. Tanto valeva giocare.

Era un pensiero immaturo, va bene. (*Tal' ha bisogno di una tata*). Eppure, si disse, allungando il labbro inferiore e osservando Akopian alzare la mano, pronto a rispondergli, eppure l'immaturità poteva anche essere un valore, persino un'opera di protesta contro tutto quel morire. Se vivi come si deve, crepi come si deve: bell'affare. Perché non provare qualcosa di diverso? Immaturità era anche compiere gesti di assurda generosità, o animarsi sempre d'entusiasmo davanti ai pezzi ancora compatti sulle rispettive traverse: cosa succederà stavolta? Una trappola che si ritorce contro chi l'ha tesa? Un assalto che spacca la difesa avversaria, per quanto in apparenza coriacea?

La sua vera vita pubblica, la sua *vera vita e basta*, erano le partite e ciò che le circondava: dallo spiegare a Žanna come si muove l'alfiere allo studiare insieme a Koblents una posizione particolarmente ottusa. Mentre l'anestesista gli calava la maschera d'ossigeno sul volto, prima di un'operazione, lui gli illustrava tutto contento in che modo attaccare la variante Winawer della Difesa francese. Rovesciava sugli ascoltatori catene di varianti sempre più lunghe, sempre più vertiginose, così complesse da intimidire anche il più esperto Grande maestro, e infine concludeva: «Ecco. Una combinazione molto attraente, vero? Ma purtroppo contiene un buco: qua il Bianco può interporre il cavallo, e tanti saluti all'attacco».

Sì, Miša sapeva godersi qualsiasi piacere terreno, ascoltare Chopin o Rachmaninov, leggere Il'f e Petrov e Maupassant, andare allo stadio, frequentare ragazze – ma in realtà apparteneva soltanto al gioco. Era interamente fatto di quel gioco, posseduto dal gioco, felice pellegrino nella landa del gioco: era lì sulla terra e insieme era altrove, altrove, altrove…

Alla fine Akopian spostò anche l'altro alfiere nelle retrovie, in d8, e Miša si irrigidì. Un'ottima manovra: il pezzo puntava alla casa b6, dando concretezza alle minacce sull'arrocco bianco. Poggiò il mento sul pollice e dopo qualche minuto fece retrocedere il cavallo, solo per accorgersi che forse era più opportuno piazzare subito il re nell'angolo, in modo da non lasciarlo futura preda della torre in g8 e dell'alfiere camposcuro. Cogliendo l'istante di incertezza, Akopian avanzò il pedone da b7 a b5 e aprì la partita con grande abilità.

Così non va, pensò Miša irritato. La posizione era torva, lo disgustava. Cambiare i pedoni al centro avrebbe soltanto aiutato ad attivare la coppia di alfieri, quindi doveva inventarsi qualcos'altro. Complicare. Rifletté per una decina di minuti e con un ampio movimento del braccio – ma il gesto terminò spiacevolmente contratto – sollevò la regina per spedirla lontano, lassù in a7; e quando l'ebbe deposta, reclinandosi sulla sedia, vide nitidamente dov'era: sola, quasi contrita, a braccare un misero pedone dalla parte opposta del re nero.

Complicare: nelle sue mani le normali leggi degli scacchi, e persino le leggi della fisica – oh, il noioso mondo reale retto dalla gravità – parevano disfarsi, sostituite da nuovi principi. Una delle sue partite preferite, vista per la prima volta da bambino al Palazzo dei Pionieri di Riga e che tuttora lo faceva fremere di gioia, era la Steinitz-von Bardeleben, Hastings 1895. Alla ventiduesima mossa il primo campione del mondo, da poco detronizzato da Lasker e con una futura carriera come malato di mente, sacrifica la torre in e7; e per tre volte continua a offrirla in dono sulla settima traversa, intoccabile pena il matto o la perdita della regina.

C'era un che di sconvolgente nella leggerezza con cui il pezzo continuava a fluttuare lassù, sovvertendo ogni logica – una torre più lieve di una foglia di betulla. Sì, aveva pensato il piccolo Miša. Sì. Anch'io voglio giocare così. La corrusca bellezza del sacrificio: cedere un pezzo di maggior valore in cambio di un vantaggio immediato o futuro.

Ma questo era ancora poco, e lui avrebbe spinto l'idea assai oltre il limite: come amava dire, esistevano due tipi di sacrifici – quelli corretti e i suoi. I primi, che pure praticava, erano ben congegnati dall'inizio alla fine, e quanto in origine perso veniva recuperato con gli interessi. I secondi invece erano opera arcana di volšebnik: non conducevano forzatamente alla vittoria quanto a uno squilibrio radicale: scendiamo giù nel gorgo insieme, avversario, e vediamo chi ha sufficiente energia per resistere alla pressione delle acque!

Perché con i pezzi Miša offriva sull'altare le stolide certezze che ognuno possiede fin da quando impara il gioco: una torre vale più di un cavallo e un cavallo più di due pedoni: questa ragioneria da mercante non significava nulla per lui, che immolava materia in cambio di tempo, velocità, mobilità; oro in cambio di fiamme.

(C'era una foto in cui, stretto fra la madre e Salli, sembrava davvero un Lucifero da operetta, una maschera da film muto, pronto a scatenare le sue forze sul cosmo: le sopracciglia ad arco, il lungo sorriso a labbra chiuse, gli occhi dilatati).

(*Da dove viene questo Tal'? Dal demonio*).

«Una mossa sbagliata e crolla tutto», dicevano di certe combinazioni perfettamente calcolate: ma nel suo stile le mosse sbagliate trovavano in qualche modo cittadinanza: perché riteneva che errore e correttezza non fossero concetti opposti bensì fusi e lavorati insieme nella fragile lega del rischio. Anche vincere era in fondo meno importante di esporsi per cercare bellezza; era una conferma del suo scopo primario: forzare i limiti della probabilità, battere a colpi di maglio un cateto fino a renderlo più lungo dell'ipotenusa. Voleva che la gente ripercorresse le sue partite borbottando: *Ma come diavolo…?* Voleva che le sue creazioni fossero narrabili solo con il lessico dell'incanto o del sortilegio; voleva la magia.

E là fuori gli ripetevano in coro che la magia non esiste, ovviamente, poiché fra possibile e impossibile si erge una parete che nessuno può valicare. Ma anche sconcertare Botvinnik, giocare ad alti livelli con una malattia cronica e un rene in meno, o far tornare in Lettonia il proprio figlio esule (aggirando tutti i divieti del regime) era fuori discussione a detta di chiunque. Eppure lui c'era riuscito. Fra possibile e impossibile si aprivano campi vastissimi, pendii erbosi dove sdraiarsi; oltre quanto era osabile, si poteva osare ancora. Guarda bene, abbi fede: due più due può fare cinque.

E poi c'era un'estasi nel sacrificio stesso. Contro Hecht, a Varna nel '62, aveva improvvisamente lasciato indifesa la regina per aprire le colonne centrali, e Miguel Najdorf era giunto di corsa alla scacchiera per baciarlo su una guancia. Ecco l'emozione che desiderava suscitare. Non c'era nulla di male nel dare spettacolo, anzi: il pubblico doveva essere felice com'era felice lui. Avrebbe voluto allora sacrificare tutto, ogni singolo pezzo, fino all'impossibile impresa di mattare l'avversario con il solo re, con la cruda forza del pensiero, mostrando a chiunque ciò che intimamente sapeva: la materia è pura illusione: il corpo, il suo stesso piccolo corpo malandato era illusione: lo spirito invece è onnipotente.

«A cosa pensa prima di muovere?», gli avevano chiesto in un'intervista.

«A come sacrificare la regina, poi la torre, poi l'alfiere e il cavallo e infine i pedoni».

Il solito Miša: ma sotto lo scherzo pulsava una verità cruciale. Il suo sacrificio dalle conseguenze incalcolabili non era un bluff né un aspetto del gioco fra i molti: era un dono offerto agli dèi, e che gli dèi potevano sempre rifiutare. Yahweh non apprezzò l'offerta di Caino, generando in lui disperazione e animo omicida; ridusse a cenere Nadab e Abiu, figli di Aronne, perché avevano sparso incenso non richiesto presso il Santuario. Sacrificare così richiedeva dunque mani linde e ferme, un cuore sgombro da dubbi, e la folle fede che ebbe Abramo nel legare suo figlio – e suo figlio nel lasciarsi legare – qualunque fosse l'ultima parola dell'oracolo. Era il più pericoloso dei commerci, ma in cambio potevi avere tutto; e lui tutto ebbe.

Ancor più che contro Botvinnik, fu durante il torneo dei Candidati del 1959 – in cui avvenne la scenetta degli occhiali con Benkő – a sentirsi davvero immortale. La Jugoslavia gli era sempre piaciuta; apprezzava il carattere fiero e amichevole delle persone, l'allegria nervosa delle strade di Belgrado, il lago di Bled dove il campanile riflesso si spezzava nell'azzurro. A Zagabria i tram rallentavano per mostrare ai passeggeri le scacchiere dimostrative appese ai balconi, tanti erano gli appassionati. I vecchi tempi. E trentatré anni dopo, grattando un cavallo catturato con l'unghia bigia e troppo lunga del mignolo, disperatamente impegnato a non soccombere al malessere e verificare la stabilità della sua posizione, si ritrovò giovane e invincibile, mentre usciva dal Grand Hotel Toplice di Bled diretto alla sala da gioco e una scarica di energia si diffondeva tra la folla, che lo indicava e lo applaudiva cantando in coro *Sa-cri-fi-ci!*, *Sa-cri-fi-ci!*

Ma certo, sacrificherò per voi. Nessun altro fra i miei avversari, sacerdoti timorosi della fiamma divina, sa avventurarsi nel profondo del bosco, là dove il lupo attende i viandanti a fauci aperte; nessuno desidera adempiere questo dovere. Lo farò io, e creerò per voi una bellezza nuova, abbacinante, magmatica. Creerò così tanta bellezza da rifare il mondo da capo, e rifarlo libero e puro, come pretendevano gli esuli di Jurla. State a vedere!

Una fitta al fianco destro lo riportò al presente. Akopian aveva posizionato l'alfiere in c7:

Miša si aspettava di trovarlo in a5, dove sarebbe stato maggiormente pericoloso, quindi la situazione aveva perso un po' di veleno.

Ora poteva finalmente spedire il re nell'angolo e spegnere parte delle minacce avversarie: invece il vecchio istinto di cogliere il frutto proibito si fece sentire, e spostando la donna catturò il pedone in a6. Poi si aggiustò sulla sedia ruotando il collo con una smorfia. Ogni gesto gli costava imbarazzo, ma c'era qualcosa di ancor più buffo: stava tornando l'appetito. Ormai mangiava ben poco, il cibo quasi lo ripugnava, eppure adesso sognò bistecche, merluzzo affumicato, olive piccanti, o anche un bel panino – uno di quei sandwich che servono negli Stati Uniti, rigonfi di pomodori e insalata e bacon grasso e croccante. Oppure un pchali georgiano di spinaci con salsa di noci e chicchi di melograno, e a fianco un bicchiere di vino dal colore autunnale.

Strizzò gli occhi. Oltre la finestra il giorno si era fatto oro e acciaio, e una nuvola frastagliata come un fiordo attirò di colpo la sua attenzione: era incantevole, bianchissima, tutta da mordere; e dietro di essa, forse per un varco creatosi con un'altra nube, sfolgorava un burrone di luce pura.

State a vedere… Giunto sull'Olimpo, in un anno e cinque giorni ne era già disceso. Nel 1961 Botvinnik aveva esercitato un diritto pensato apposta per lui, e che – quant'era odioso ricordarlo, quant'era ingiusto – sarebbe stato abolito poco dopo: entro ventiquattro mesi il campione sconfitto poteva sfidare il campione in carica in un nuovo match. Con la sua tipica determinazione aveva rifiutato di posporlo nonostante i problemi di salute di Miša, e Miša, con la sua tipica incoscienza (oltre all'indignazione per la prepotenza del Patriarca e la volontà di punirlo alla scacchiera in luogo di contrattare), aveva accettato.

«Fai attenzione», gli diceva Koblents. «Rivuole la corona, come contro Smyslov, ed è pronto a tutto».

«Ma sì, sì».

«Non trattarmi con condiscendenza, Miša. Ora ti conosce. Mentre lo facevi a pezzi, ha visto anche i tuoi punti deboli».

«Quali punti deboli?».

«Vedi? Io ti parlo seriamente e tu mi rispondi a battutine. A questo punto trovati un altro allenatore».

«No, Maestro, questo mai. O tu o nessuno».

«E allora devi lavorare».

«Ma sì, sì. Tranquillo! Ti batto quel vecchio stordito a occhi chiusi. Hai visto com'è finita l'altra volta?».

E invece questa volta finì con cinque vittorie, sei patte, e dieci sconfitte.

Ne aveva sentite di teorie al riguardo: la malattia, il senso di impunità generato dai troppi successi, un cattivo repertorio di aperture e così via. In realtà Botvinnik aveva semplicemente giocato meglio, con maggior aggressività e vigore. Recriminare non era nello stile di Miša; avrebbe solo dovuto spedire una lettera a quel Michail Fetisov, il cosacco che gli aveva scritto durante il primo match. *Mi spiace, caro signore: alla fine sembra che i padri siano più forti dei figli.*

Eppure, se avesse voluto davvero, avrebbe comunque spazzato via il Patriarca – di questo era convinto. La domanda era dunque: voleva? Certo la sconfitta era atroce, una forma di umiliazione pubblica, e lo amareggiava aver deluso chi credeva in lui, il cavaliere errante del miracolo; ma forse non gli importava così tanto restare lassù e dominare il gioco dall'alto: preferiva esserne immerso al pari degli altri. Restare campione a lungo avrebbe richiesto un tipo di fermezza, persino di crudeltà, che non gli apparteneva.

A irritarlo erano piuttosto i commenti sull'ordine ristabilito. Ecco, dicevano, adesso che il vecchio Botvinnik è venuto a capo di Tal', ora che il mistero è stato riportato alla ragione, possiamo tornare a giocare come si deve: l'ipotenusa è di nuovo più lunga del cateto, e lo stile di questo lettone bislacco, di questo preteso genio, si è rivelato per quanto è: impostura.

Ed era avvilente, perché in quel modo di pensare gli scacchi e la vita c'era un'indelebile traccia di tristezza. Ancora la prudenza e il realismo. Ancora granitiche certezze. Ancora, soprattutto, quel cinismo mascherato da senso del dovere.

Trent'anni dopo il match di rivincita (ma non moriva, quell'uomo?) Botvinnik affermava sempre, e con orgoglio, di non giocare mai per puro piacere. Miša restava senza parole: il piacere era la ragione principale per cui *lui* giocava. Non a caso il Patriarca, ingegnere elettronico di formazione, aveva dedicato gran parte della sua esistenza a creare un programma informatico di scacchi davvero efficace. Ma che motivo c'era di inventare una macchina? Forse voleva un se stesso infallibile, capace di vincere ogni incontro, vincere e basta, schiacciando gli avversari senza commettere errori.

Questo miraggio delle partite o delle vite senza sbagli: no, Miša si teneva volentieri il fallimento. Si teneva la vulnerabilità e lo scompiglio. Tanto valeva ubriacarsi o combinare pasticci, ma rispettare sempre la dignità del singolo essere umano: gentilezza e generosità erano migliori di una rettitudine che, nel nome di se stessa, non esitava a calpestare gli altri. Meglio giocare, giocare per la pura festa di giocare, fino a che giorno e notte non perdano di senso: giocare con la devozione e la letizia dei ragazzini che strillano e non vogliono tornare a casa a fare i compiti o lavarsi – le stupide incombenze del mondo reale.

Soltanto con questo spirito era possibile creare arte: e che gli scacchi fossero arte non c'era dubbio alcuno.

Da giovane Miša era stato in Italia per una tournée con altri giocatori lettoni. Aveva poggiato le braccia conserte sul Ponte della Paglia, rimirando attonito le acque di Venezia; guardato bambini rincorrersi in una piazza emiliana e gironzolato per le vie di Roma, nel tiepido e chiassoso autunno color ottone; aveva sfiorato la corteccia di lecci e pini domestici, fiutato la pioggia novembrina, mangiato in buie trattorie odorose di tabacco, cipolla e legno arso. E poi Firenze. La visita agli Uffizi con un anziano critico d'arte del Partito comunista locale, un ometto occhialuto e pingue dalla vistosa cravatta a pois, che tramite l'interprete gli aveva chiesto di baciare per lui la terra sovietica, sua «vera madrepatria».

Di sala in sala sfilavano annunciazioni e crocifissioni e ritratti di ogni sorta che i suoi colleghi contemplavano fingendo interesse, o commentando le ragazze more incrociate per strada. C'erano la *Madonna del Cardellino* di Raffaello, la prosperosa *Flora* di Tiziano, un assorto angelo musicista di Rosso Fiorentino. C'era una battaglia di Paolo Uccello ricolma di cavalli scalcianti, lance, picche, balestre sollevate e soldati in armature brune tanto pressati da essere distinguibili a fatica, e che gli ricordava certe posizioni della Difesa est-indiana. (Ma gli erano piaciute soprattutto le arance in alto a sinistra, simili a soli morenti, e la sequela di alberi lungo la collina).

Miša non capiva molto d'arte figurativa, aveva sempre preferito la musica e la letteratura; ma quell'abbondanza, quell'accumulo noncurante di tele lo lasciavano interdetto. Così tanto colore in un solo edificio.

Mentre il critico continuava a spiegare e l'interprete a tradurre, Miša si era staccato dal gruppo, attratto dal tondo di Caravaggio con la testa di Medusa recisa da Perseo. Un urlo raggelato, i serpenti che ancora parevano torcersi attorno al viso, i fiotti di sangue dal collo; e gli occhi. Il famoso sguardo pietrificante.

Era rimasto a lungo davanti al quadro, avvinto e pensieroso, appena disturbato dal chiacchiericcio di sottofondo, sfidando la gorgone con il suo stesso magnetismo. Gli scacchi offrivano una bellezza molto simile a quell'opera, e nient'affatto minore per intensità. Una bellezza allarmante: perché sotto la superficie delle cose terrene non vige un ordine prestabilito, non sono inscritte celesti proporzioni; no, il più autentico marchio del divino è un mostro greco che abita accanto al regno dei morti, splendido e terribile, contro cui occorre combattere corpo a corpo – contro cui bisogna giocare. Ma una bellezza incorruttibile, questo sì. Allo stesso modo, anche a distanza di decenni, ci sarebbe sempre stato un ragazzino in estasi nel ripercorrere due sacrifici che sfondano il muro di un arrocco: bastavano una scacchiera e un elenco di mosse per restituire alla vita gli sforzi, il talento e la tempra di giocatori defunti; per abolire il tempo, ancora una volta.

Tutto aveva fine. Il potere aveva fine. L'amore aveva fine. I propri giorni sul trono avevano fine. Non gli scacchi.

In qualunque istante il tavoliere poteva mutare in un labirinto, in un salone coperto di specchi o nell'antro di un castello. Era talora una città scolpita da viali deserti, e talaltra un ghetto di vicoli in cui era facile smarrirsi; un paesaggio collinare, una marina solcata da flutti, un vivido acquerello o una severa composizione astratta. E a ogni tratto nuovi paesaggi: monti frastagliati di alfieri, sottoboschi di pedoni, grotte dove il re avversario andava a ficcarsi e doveva essere stanato con astuzia; un calcolo impreciso ed ecco che il lago ghiacciato e apparentemente solido di certi finali si scheggiava ovunque, costringendoti ad avanzare con passo cauto. Era un universo senza limiti, come le *Mille e una notte* che Miša aveva sfogliato in una libreria di Mosca, deliziato dall'arabesco celeste e senape in copertina e dalla strenua fantasia di Shahrazād, che tesseva la sua salvezza di racconto in racconto: un mondo in cui, se avevi fede sufficiente, ogni botola poteva nascondere un jinn.

Del resto gli stessi pezzi intagliati in forma di eserciti contrapposti non erano solo una metafora, e Miša conosceva benissimo il loro potere: colonizzare lo spirito di un uomo fino a distruggerlo, trasformando i giocatori in sadici disperati. Ma nelle parole di Leonid Štejn, il suo spirito era più forte di ogni altro. Allora ecco un paradosso: attraverso la ferocia degli attacchi, Miša privava gli scacchi della loro violenza essenziale – proprio come Caravaggio aveva fatto ritraendo Medusa. E a partita finita stringeva sempre la mano del rivale con il solito sorriso, lo invitava a bere qualcosa, gli rivolgeva un complimento sincero. Persino Botvinnik, che odiava molte persone e si imponeva di odiare ancor più gli avversari importanti, gli aveva confessato – con una nota di dispiacere misto ad ammirazione – di non essere riuscito a detestare *lui*. Perché lui era lui.

A Miša invece questa faccenda del disprezzo appariva assurda, come ogni manifestazione di ostilità. Quando sconfisse Spasskij nell'ultimo turno del Campionato russo del 1958, ottenendo per la seconda volta il titolo, fu felicissimo; ma gli rincrebbe terribilmente vedere Boris in lacrime fuori dalla sala, quando molti avrebbero osservato quella scenetta con un ghigno compiaciuto. No, no, gli scacchi servivano anche per fuggire dall'ingordigia e dai rancori; l'esistenza ne era già abbastanza colma.

Tuttavia, benché il gioco in sé non conoscesse limiti, nella vita finiva sempre come per i profughi di Jurla. Dopo ogni partita i pezzi vengono riposti in una scatola, e la realtà – che ha pazientemente atteso, seduta in un ufficio di periferia, mentre noi ci illudevamo di essere liberi – torna a reclamare i suoi diritti e strangolarci con lentezza o con fulminea brutalità. Tornano i ricatti, le richieste; torna la paura. Si può ripetere il trucco, d'accordo, raccontare un'altra storia e superare un'altra notte, partecipare a una nuova competizione: ma alla lunga, anche il potere di un mago incontra i suoi limiti.

Miša allungò il collo: Akopian aveva catturato in c4. Poteva riprendere a sua volta ma temeva che la regina avversaria sbucasse fuori, bruscamente rediviva, in h6; o peggio ancora che Akopian spingesse in d5, e a quel punto se avesse ripreso al centro con il pedone di re sarebbe seguito Ta8, Db7, uno scacco della donna nera in c5; il re finisce nell'angolo, l'altra torre nemica va in b8; poi magari Ce4, Da5 e arrivederci, si disse, arrivederci e grazie di tutto, posso anche abbandonare. Quindi lanciò in avanti il pedone sulla seconda colonna, sperando di farlo proseguire a oltranza e generare altra confusione.

Il Nero stava meglio, inutile girarci intorno, ma la sua posizione era per così dire fin troppo promettente: Akopian aveva diverse buone mosse in serbo, e Miša si augurava che fra le molte opportunità scegliesse la più debole.

Così fu: la donna occupò la casa g7. Se Akopian avesse messo comunque un pedone in d5, o meglio in f5 – Miša aveva in mente di far indietreggiare la regina, ma gli alfieri nemici prima o poi dovevano risvegliarsi – l'attacco avrebbe acquisito una forza impossibile da contenere.

Miša portò in soccorso il pedone in g3 e si alzò di nuovo, vacillante, ma dopo tre passi si rassegnò ad appoggiare la schiena al muro. Esaminò a lungo gli spettatori masticando un cattivo sapore di mandorla in bocca: uomini di mezza età, qualche ragazzo, poche donne come al solito; barbe, nei, camicie a scacchi o beige o azzurro chiaro, vene innaturalmente spesse, occhiali, cicatrici da varicella, giacche impolverate di forfora, scarpe di gomma o di cuoio vinoso. In ogni paese, a ogni torneo, individui di qualsiasi nazionalità ed etnia uniti dalla medesima ossessione. *Gens una sumus*: così il motto della Federazione internazionale degli scacchi. Siamo una sola famiglia di persone inebriate dal rumore dei pezzi sul legno – *tac! toc!* – e pronte a ritrovarci qui nonostante le barriere, i muri, l'atomica, tutto quel che fino a un attimo fa sembrava separarci per sempre, e tutto quel che un domani inventeremo per separarci ancora.

Chiuse gli occhi e ascoltò lo scricchiolio delle sedie, i colpetti di tosse, i commenti a voce bassa, le porte cigolanti. La maggioranza dei suoi colleghi detestava quei piccoli rumori, e invece a lui piacevano; erano il segno che le partite si svolgevano nel fitto della vita.

Quando riaprì le palpebre ebbe l'impressione che la luce fosse più pastosa, simile al cuore di un frutto bianco. Alla finestra la nuvola che aveva contemplato in precedenza era scomparsa, lasciando spazio a un blocco di cielo ferroso.

Tre mesi prima, in una delle sue interminabili notti insonni, aveva visto alla televisione un reportage da Israele. Voleva chiamare il figlio Gera, che da un paio d'anni abitava laggiù, per informarlo della coincidenza; ma nonostante il fuso era comunque troppo presto, l'avrebbe solo svegliato inutilmente. Così era rimasto a fissare lo schermo fumando assorto, studiando le rassomiglianze fra gli uomini tornati nella Terra promessa e lui, che pure era ebreo – come del resto lo erano Botvinnik, Steinitz, Fischer e Rubinstein. Qui e là riconobbe il suo naso robusto e arcuato, i capelli nerissimi di un tempo, le labbra e le sopracciglia spesse; e gli occhi di vivo carbone, che tuttora potevano accendersi all'improvviso. (Gli avevano detto che la sua faccia era una perfetta riproduzione delle caricature con cui i nazisti infamavano gli ebrei).

Della stirpe aveva per lo più notizie comuni e raccogliticce, anche perché non badava molto alle sue radici così come a quelle di chiunque altro: era incuriosito dalla varietà delle persone in carne e ossa, dal loro privato destino. Operai, professori, parassiti, ribelli, soldati: i modi diversi in cui il morire li consumava; quanto speravano e maledicevano; i loro gesti impacciati o compìti a tavola, quando li invitava a cena a casa sua, così, a volte senza nemmeno pensarci, felice di far felice qualcun altro.

Ciò nonostante lui *era* ebreo. A rammentarglielo bastavano gli insulti e le battute che captava per strada. Durante il match contro Botvinnik qualcuno aveva infilato sotto la porta della sua camera d'albergo un messaggio afflitto e rabbioso: due giudei si disputavano il titolo mondiale: quale affronto per gli scacchi sovietici! Salli (ebrea lei stessa) aveva paura, ma Miša si era stretto nelle spalle: aveva la Difesa Caro-Kann del suo nemico da demolire, cosa diavolo importavano le parole di un cretino?

E anni dopo, un tassista che lo stava portando con Žanna e Gelja in ospedale – l'ennesimo controllo, le ennesime iniezioni – aveva imprecato in lungo e in largo contro l'aumento dei prezzi, per concludere: «Ma sapete di chi è la colpa di tutto? Eh? Lo sapete? *Degli ebrei!*». Dopo qualche istante di silenzio Miša era scoppiato a ridere, e così sua moglie e sua figlia, ridevano tutti battendo le mani, mentre l'autista si raccoglieva sul volante. Quando erano arrivati a destinazione Miša gli aveva dato una bella mancia; stava ancora sghignazzando.

Gera lo pregava sempre di raggiungerlo a Be'er Sheva, ma Miša aveva già la sua Terra promessa, un riquadro di sessantaquattro caselle, e interrogava ogni nuova posizione quasi fosse un frammento di Scrittura, con la fiducia e l'acribia del midrash; ben cosciente che, come nel Talmud spesso non esiste una parola definitiva, così non c'è un unico modo corretto di giocare: i punti di vista si moltiplicano e gemmano, e a un certo punto la ragione deve cedere il passo.

La maggior parte dei Grandi maestri voleva demistificare il gioco al fine di giungere alla verità – la mossa oggettivamente più forte. Ma solo Dio conosce la verità, è peccato mortale arrogarsi di possederla: in luogo di essa ci è richiesta fede, e Miša ne aveva quasi in eccesso: così tanta fede da scuotere le montagne. Poteva sentir pulsare l'antica tenacia del suo sangue, che attraverso millenni di storia e persecuzioni ancora sopravviveva, portando dentro di sé la parola del roveto ardente: da scomodo profeta aveva fatto la sua parte nella storia, sconvolgendo l'ortodossia e annunciando un'altra novella. L'oracolo del caos.

Inoltre scherzava sempre, come il luogo comune pretendeva dagli ebrei, in un sistema politico che verso gli scherzi nutriva il massimo sospetto. Per tutta la vita Miša era sgusciato fra le maglie del potere come fra una selva di variazioni ostili, ignorandolo per quanto possibile, purché lo lasciassero in pace. Non era servile, non temeva di difendere gli amici, ma non era certo un ribelle come Korčnoj o Spasskij. Tutta quella serietà lo faceva semplicemente ridere. Nel 1967, un po' sbronzo, aveva tenuto un discorso per la chiusura del grande torneo di Mosca in onore dei cinquant'anni della Rivoluzione, e davanti alla fila di burocrati in pose da animali impagliati aveva detto che così su due piedi non ricordava proprio cosa stessero festeggiando. Per chiunque altro sarebbe stato impossibile scamparla; ma lui era lui.

E tuttavia l'Unione Sovietica era sconfinata e onnipotente come Dio, e come Dio gelosa dei propri figli, gli eletti della Terra: così li puniva severamente, mostruosamente, perché era suo dovere disporre di loro a piacimento. Per Miša gli scacchi erano il bene primario, dunque al momento opportuno lo Stato gli tolse la possibilità di viaggiare all'estero e partecipare ai tornei più importanti. Per l'Olimpiade di Lugano lo rispedirono a casa addirittura un minuto prima di salire sull'aereo, spiegandogli soavemente – sorridevano soltanto con la bocca, gli occhi tradivano sempre la perfidia – che Smyslov era già pronto a sostituirlo in Svizzera. E quale umiliazione fu il divieto di giocare al Campionato sovietico tenuto a Riga: solo loro sapevano essere così impeccabili nella scelta di una pena, rendendola fatale nel senso proprio del termine.

Il fato. In Occidente affibbiavano a quella parola significati astratti e poetici, citando Eschilo o Shakespeare, ma senza mai capirla davvero, come un bimbo che si pavoneggia con un'espressione troppo complessa. In Unione Sovietica il fato era cosa di tutti i giorni. Una porta che si apre di colpo e da cui entrano persone incaricate di distruggerti o, con l'avvento di un potere meno atroce, ridurti al completo silenzio. Non occorrevano opere d'arte per capire quanto ogni essere umano dipendesse da forze più vaste e incontrollabili.

Allora il vero modo di sfuggire al sistema, pensava Miša, non è combattere né fuggire. È tentare di fregarsene. Se ti opponi ti schiaccia; se te ne vai sarai perseguitato dalla nostalgia e dal rimorso per chi hai lasciato alle spalle; ma se fai finta di nulla, allora hai una chance. Devi solo garantire a te stesso un luogo al riparo dall'arbitrio, dalle idee che gli altri hanno di te, dalla trama che vincola e strozza la società intera: un millimetro dove nessuno può scrutare. C'è chi in questo luogo coltiva sogni di vendetta; chi pensa al padre scomparso, chi all'amante, chi al suicidio; chi inventa filastrocche e chi si rammarica d'essere disumano. E naturalmente c'è chi gioca senza pensare ad altro – la massima offesa. Per custodirlo dovrai scendere a patti? Žanna e Gelja rimarranno ostaggi in patria affinché tu non diserti in Canada o in Francia? Va bene. Dovrai firmare documenti dove assicuri al Comitato di arrivare primo, sbaragliando la concorrenza dei paesi capitalisti? Va bene. Consegnare «al popolo» un'enorme percentuale di ogni premio? Va bene, va bene, va bene.

Perché anche questo è un altro tipo di gioco, ribadì ora a se stesso, staccandosi dal muro della sala e tornando verso il tavolo, mentre schegge della sua posizione – la massa di pedoni neri in procinto di muoversi, le vie per riportare la donna al centro – si mescolavano nuovamente ai pensieri: è tutto un gioco; il che non significa sia irrilevante o poco serio, anzi: significa solo accettarne l'insensatezza di fondo, come gli dèi ben sanno. Nel 1957, l'anno in cui divenne per la prima volta campione dell'URSS, aprirono un grande negozio di giocattoli dalle parti della Lubjanka, a poca distanza dalla prigione dove era stata reclusa, torturata e uccisa un'infinità di gente. Molto sovietico, avrebbe commentato qualche collega europeo con una smorfia. Già. Molto sovietico.

Il'f e Petrov, che il potere aveva bandito per anni – la ragione ufficiale era l'esagerazione di certi elementi della NEP, ma Miša sospettava che il problema fosse la loro comicità – raccontavano nelle *Dodici sedie* di un'impresa di pompe funebri di nome *Prego accomodatevi* che fallisce per mancanza di cadaveri. I fabbricanti di bare girano come cani affamati per cercare salme o tentano disperatamente di vendere l'attività: la gente muore poco, a N., il paese delle *Dodici sedie*. Invece nella realtà la morte non mancava affatto.

Tanto valeva giocare.

Eppure, e forse anche questo era «molto sovietico», Miša amava il suo paese con dolente intensità. Dopo tre giorni all'estero faceva capolino in lui lo struggimento, e l'idea di ritornare a Riga, in Gor'kij iela, lo riempiva d'entusiasmo anche negli anni più difficili. L'improvviso crollo dell'Unione lo coglieva incerto: sì, la democrazia era una bella cosa e sì, quel potere lasciava sempre i pezzi neri ai cittadini, secondo una delle sue metafore preferite; ma solo ai vecchi tempi c'era un circolo di scacchi anche nella più remota scuola della più remota provincia, e si commentavano le partite in televisione quali eventi della massima importanza; solo allora il gioco aveva un senso molto diverso dalla grigia professione in cui andava ormai mutando. Era una questione che investiva l'intera esistenza, poteva essere motivo di sventura come di salvezza; su ogni mossa gravava un peso quasi insostenibile. E nonostante la miseria e la disperazione per pochissimi eletti era ancora possibile splendere come aveva fatto lui a vent'anni, simile a Kurbads contro il demone a nove teste: eroi che nessun altro luogo al mondo avrebbe partorito, e che in nessun altro luogo avrebbero irradiato così tanta luce, perché emersi da falde di uomini morti e imprigionati e fucilati e donne rimaste senza marito o senza figli nel nome, così dicevano gli uccisori, della somma giustizia.

Lui tutto ciò lo aveva appena lambito. Non aveva mai conosciuto purghe o violenze, non aveva sofferto la fame né si era guadagnato da vivere accusando vicini di casa. Le sue pene erano state irrisorie, e il suo dissenso limitato al gioco: tutti quegli sforzi non per denunciare un potere osceno, né per sostenere le ragioni della democrazia, ma per continuare a muovere pezzi di legno su un quadrato di legno. Soltanto questo? Sì. Soltanto questo.

Con la dissoluzione del regime Miša aveva perso l'appartamento di Gor'kij iela. A corto di soldi, era riuscito grazie a un amico a sistemare Žanna e Gelja a Troisdorf, in Germania, ma dopo qualche mese lui non aveva più retto la vita di provincia, le ordinate stradine dei sobborghi, ed era volato a Mosca con l'idea di fare su e giù per ritrovare la famiglia ogni tanto. Lì viveva con Marina, la sua nuova amante, che lo accudiva mentre tremava in poltrona stringendosi il torace o finiva al pronto soccorso del quartiere – carezzandolo, baciandolo sul cranio calvo, preparandogli una zuppa o due bliny con panna.

Di nuovo la Russia. Di nuovo la capitale che negli anni Sessanta aveva posseduto saltando da una festa all'altra, e che ora lo accoglieva indifferente con i suoi cieli immani, l'odore di gasolio e calce, le code davanti ai negozi senza merce. Nei giorni peggiori Miša non riusciva nemmeno a muoversi dal letto e si limitava a spostare i pezzi tenendo una scacchiera sul petto, il mento reclinato, un po' di Rachmaninov sul giradischi. Nei giorni migliori telefonava ai vecchi amici e commentava con loro qualche partita recente, o andava in taxi al circolo per giocare lampo; poi usciva a prendere aria, caracollando lungo il viale e sostando presso un lampione quando le forze iniziavano a scemare. Ex genio, ex campione del mondo, ex qualsiasi cosa. Allora, alzando al cielo il mento o puntandovi contro la sigaretta come un flebile atto d'accusa, poteva sentirlo: lo scricchiolio di un'era che si chiudeva a morsa sopra di lui, gettandolo irrimediabilmente nel passato con i suoi abbagli e le sue vittorie, i suoi colpi di genio e i suoi desideri, insieme alle vestigia del mondo che tanto aveva amato.

Tornò alla scacchiera. Il pedone nero era infine giunto in d5. Ora una strategia ragionevole era riporre la donna nelle retrovie passando di nuovo per a7, o magari arginare la slavina di pedoni spingendo in e5; invece Miša si strinse nelle spalle e riprese in d5. Akopian catturò a sua volta in f4 con l'alfiere. Obiettivamente c'era poco da sperare, e più valutava la situazione più sentiva crescere un feroce senso d'impotenza: abbandona, vecchio scemo: non hai altre risorse, chiudila con onore e lascia che il ragazzo si goda la vittoria.

Scostò la sedia e passò una mano sul volto, quasi desiderasse cancellare ogni espressione, quindi guardò oltre le teste degli altri giocatori. Un'altra nube era apparsa alla finestra, più esile e appena scaldata da un bagliore, e un uccello tagliò all'improvviso il vuoto volando in diagonale. Miša assaporò il silenzio di un istante sospeso, senza tossicchiare né bisbigli né sedie smosse. E a quel punto, dagli abissi dello sfinimento, incurante delle fitte alla schiena e dei tremori, della febbre e della repulsione, qualcosa si fece strada in lui, un impulso che conosceva ma che non avrebbe mai pensato di provare ancora, e certo non in un simile momento. Si rese conto di non voler perdere. Non voleva assolutamente perdere.

A volte dall'esito di una singola partita dipende tutta una carriera: ma quella in cui era impegnato cosa significava per un cinquantacinquenne scarnito, malato di epatite C e ormai moribondo? Nulla. E quindi? Sì, stava molto male. E quindi? Non erano giustificazioni sufficienti. La sua partita significava tutto proprio come ogni altra: la questione essenziale era sempre la stessa. Lo spirito più forte della materia.

Genna Sosonko gli aveva raccontato di quando aveva affrontato Botvinnik, tre anni prima, in Olanda: la televisione locale voleva filmare il vecchio campione, così si erano messi alla scacchiera.

«Avresti dovuto vederlo, Miša. Io muovevo abbastanza in fretta, non c'era motivo di concentrarsi, eravamo lì solo per la telecamera; e invece lui pensava e ripensava. Sollevava un pezzo con tutta calma e poi lo posava stringendo forte le labbra, per controllare il tremore alle mani. Dopo una quindicina di mosse il cameraman ci ha detto che poteva bastare: e per fortuna, aggiungo, visto che la mia posizione era già traballante. Ma Botvinnik niente, continuava a riflettere. Ho dovuto pregarlo due volte, cominciavo a sentirmi in imbarazzo: alla fine ha alzato la testa e mi ha guardato in quel modo che – be'. Lo conosci senz'altro meglio di me. Mi sono sentito piccolo come un granello di sabbia. Mi avrebbe annientato, e avrebbe voluto continuare ad annientarmi».

Miša si era ritrovato a sorridere. C'era un che di commovente in quell'ottantenne che ancora dava tutto, implacabile, aggrondato, senza mai prendere alcunché superficialmente, nemmeno una partitella d'occasione, quasi stesse di nuovo giocando per il titolo mondiale. Chi l'avrebbe mai detto: la gioia scanzonata di Tal' e la severità del Patriarca si toccavano come rette parallele all'infinito, nel punto in cui germina l'amore per gli scacchi; due modi diversi di governare il morire.

Ora riconobbe qualcosa di stringente nella coincidenza. Qualcosa di definitivo e liberatorio. Portò le mani sui gomiti, distese la schiena e cominciò a cercare nella posizione del Nero una faglia dove intrufolarsi e combinare una marachella, un ultimo tentativo di ribaltare le probabilità.

Spostò il re in f2 e gli parve di recitare, con quel gesto, l'inizio di una preghiera. Fate, o dèi, che la presente lotta si inasprisca. Fate che la mia mente torni com'era un tempo e che possa combattere ancora. Ripensò alla remota notte del 1948: il suo primo torneo, il Campionato giovanile di Riga: dopo tre vittorie nei primi tre turni si era sentito collassare ed era stato ricoverato in ospedale. Scarlattina. Disteso in uno stanzone dai soffitti altissimi, in mezzo ad altri malati che borbottavano o guaivano o russavano, delirante per la febbre aveva visto gli dèi squarciare il soffitto e incombere sopra di lui, assurdamente carnevaleschi: alcuni avevano guance arrossate dalla vodka, altri maschere dai lunghi nasi o con denti ritorti simili a zanne; uno indossava un enorme cilindro viola agitando un mestolo come fosse una bacchetta d'orchestra, un'altra alzava le gonne ridacchiando; una più smilza era cinta di ghirlande d'agrifoglio, mentre l'ultimo della fila faceva le linguacce e sfoggiava sulla fronte un diaspro gialloverde: esseri onnipotenti e del tutto insensibili agli equilibri del cosmo, la cui voce somigliava a un festoso scampanio: Ecco, Michail, per nostra grazia ti abbiamo eletto e ti destiniamo a ricevere un'intuizione senza pari per il gioco, e la capacità di manipolare il tempo sulla scacchiera e nella vita. Ti proteggeremo dalle spire del potere perché desideriamo che tu risplenda in nostro onore, nella vittoria come nella sconfitta. Per qualche anno sarai simile a noi, Michail, trascenderai ogni terrena misura, il primo fra tutti, e quindi cadrai; soffrirai ogni sorta di dolore ma il tuo corpo ne uscirà invitto, finché non ci stancheremo di resuscitarti.

Come pegno d'alleanza abbiamo torto fin dalla nascita la tua mano destra: in questa deformità apponiamo il nostro sigillo, e in cambio esigiamo sacrifici: pedoni, cavalli, alfieri, torri, regine; tutto il rischio che un individuo può concepire, una costante danza sulla corda. No, no, gemeva il piccolo Miša, ho paura. Ma non puoi rifiutare i nostri doni, avevano riso gli dèi, a nessun mortale è concesso. *Noi vogliamo giocare!*

Akopian afferrò il pedone in f6 e lo fece avanzare di una casella. Miša contrasse gli alluci nelle scarpe, avvertì il battito accelerare di colpo. Era un tratto assurdo. Apriva la diagonale per la regina, ma l'idea non aveva senso – la regina possedeva già una funzione, premere sull'arrocco. Inoltre indeboliva le case scure e il re, chiudendo tutte le vie all'alfiere in d7. Se ora invertissimo la scacchiera, si disse eccitato e vendicativo, se fossi *io* il giovane arrembante, prenderei subito in d5 o sacrificherei in g3, e in pochi minuti sarebbe finita. Forse il suo avversario pensava che l'alfiere camposcuro non fosse catturabile? Invece venne tranquillamente catturato; poi la donna nera si abbatté sul cavallo indifeso e Miša, senza quasi pensarci, guidato dall'energia latente sulla scacchiera, riattivò la sua donna accentrandola. Vederla di nuovo viva, là in d6, lo colmò di una gradevole tensione.

L'alfiere nero balzò in a4 e Miša scoccò un'occhiata agli orologi: Akopian era a corto di tempo, ma anche lui aveva pochi minuti a disposizione. Si leccò le labbra, passò una mano sul cranio sudato eppure più fresco – la febbre sembrava essersi placata insieme alla strana fame di poc'anzi – e allungò le dita a coppa: la torre sbucò fuori dalla prima traversa diretta in d4, maestosa come un cervo. Akopian trattenne il fiato, guardò a sua volta la lancetta incalzante, afferrò la torre accanto al re, la lasciò sospesa un attimo – Miša percepì che da quella decisione sarebbe dipeso il resto della partita – e infine la depose in g7.

Poi alzò gli occhi e offrì patta.

Fra i doni ottenuti dagli dèi il più importante era senz'altro la sovranità sul tempo. Miša non portava nemmeno un orologio («Sei pazzo? Una cosa che *ticchetta* al tuo polso?») per manipolare meglio il flusso degli istanti, libero da ogni misura o costrizione. Fedele a tale levità, rifiutava anche l'idea del possesso. Accumulare oggetti, soldi, cibo? No, era tutta materia inerte che appesantiva le tasche dello stregone; si sarebbe guastata la sera stessa della conquista e perciò andava mangiata e bevuta, sperperata persino, senza riguardo né pensieri. Vita, vita, vita. Lacerare il corpo di un minuto trovandovi altro tempo inespresso e invisibile agli altri. Non dormire per giorni. Acchiappare durante uno scalo un aereo perso in precedenza, correndo in taxi fra le due tappe per anticiparlo. Prendersi tutto e tutto donare. Che esistenza! Che inestimabile privilegio avere abitato il pianeta in quei giorni così impervi e così ricchi, lavorando per forgiare bellezza, rifiutando ciò che gli altri ritenevano essenziale, e vendicando il superfluo!

E ora – patta?

Miša aggrottò le sopracciglia. Era quanto desiderava all'inizio, ma per ventinove mosse era stato costretto alla battaglia, e finalmente la posizione aveva subito un brusco capovolgimento: gli dèi avevano accolto la sua preghiera e lui non voleva affatto che finisse così. Inoltre quella torre in g7 – un azzardo, Akopian avrebbe dovuto muoverla un passo più avanti per non rinchiudere il re nell'angolo – concedeva senz'altro delle possibilità tattiche. Miša le presagiva, le assaporava.

Nella finestra galleggiava ancora la nube esile, appena più contratta, come un corpo irrigidito dal freddo. Il vento doveva essersi placato. Una lampada al neon fremette due volte prima di stabilizzarsi: Miša chiuse le palpebre, le riaprì, le labbra vibranti, il collo piegato a destra, ed ecco: all'inizio fu un'immagine indistinta, subito ingoiata dal buio, ma dal quale riemerse con rinnovata chiarezza, per poi schiudersi completamente: le mosse si legarono quali astri in una costellazione, nude e sfavillanti, quasi Miša avesse plasmato l'idea dal vuoto invece di scovarla nell'intrico di pezzi. Ecco. Ecco. Sgranò gli occhi, incapace di trattenere un sorriso, mentre si godeva la gratitudine e la voluttà che aveva provato così tante volte.

La sequenza era graziosa e non particolarmente complessa. Calcolò senza fatica alcune varianti, annotò la continuazione sul formulario e quindi la eseguì: catturò il pedone in e6, aprendo di colpo tutte le linee. La sua voce con gli anni si era arrochita e fatta più flebile, ma era sempre stata limpida, con qualche scatto verso l'alto, densa e seducente, e questa voce disse: «Adesso voglio giocare!».

Akopian impiegò meno di un minuto per portare l'alfiere in c6; Miša rispose subito muovendo il cavallo in g5, puntando diritto al re. La sala fu percorsa da un sottile brusio, e attraverso di esso gli parve di riconoscere, disposto su una frequenza appena percepibile, il coro che lo salutava in Jugoslavia: *Sa-cri-fi-ci!*, *Sa-cri-fi-ci!* Tifano sempre per me, si sorprese. Per quale motivo? Allora avevo vent'anni ed ero bello, talentuoso, spericolato. Ma ora non reco con me la saggezza dei vecchi, e per di più combatto i giovani. Ho subito un'operazione per cui il mio stesso figlio ha dato il sangue, il poco sangue rimasto da altre donazioni che faceva per arrotondare lo stipendio – e me la sono cavata anche quella volta. Poi sono scappato dall'ospedale perché mi annoiavo, sono andato a casa a leggere riviste di scacchi e sono stato nuovamente male, mio figlio è tornato a trovarmi in ospedale, ha offerto di nuovo il suo sangue – un altro sacrificio, e quanto più ingiusto e prezioso, un figlio per il padre – e così io, l'eterno figlio, sono tornato di nuovo in vita…

Ma forse era proprio questo il motivo: agli occhi di tutti era ancora il Mago di Riga che si faceva carico dei desideri altrui, delle speranze altrui, e osava camminare là dove proibito dalle antiche leggi.

Akopian catturò in g5 con la torre. Sicuramente aveva pensato che il povero Tal' si fosse fatto sfuggire un matto: in effetti, riprendere in g5 avrebbe portato alla catastrofe. Ma lui era lui. Diede scacco con la donna e il suo avversario sgranò gli occhi: ah, ora aveva capito, ma era troppo tardi, e Miša vide dipingersi sul suo volto quel misto di confusione e rispetto: *Ma come diavolo...* Akopian parò lo scacco riportando la torre in g7; Miša ne diede un altro speculando sulla donna nera, inerme, che catturò due mosse dopo; venne deposto un pedone in f6 e Miša avanzò il suo in e7. Seguì una raffica di altre piccole manovre, infine Akopian catturò il pedone in a2 con la torre, un ultimo scacco. Miša spostò il re con tranquillità e dopo una decina di secondi l'altro abbandonò.

Un applauso spezzò il silenzio della sala: poca cosa, rispetto ai vecchi tempi, ma Miša esibì comunque attorno un sorriso. Per l'ennesima volta aveva dimostrato che la materia è illusione, e la fiaba più vera della realtà. Guardò istintivamente alla finestra il cielo ora nudo, un po' sbiadito, e percepì oltre il vetro i platani verde acceso della Rambla, i cittadini a passeggio verso Plaça de Catalunya, il traffico nervoso del quartiere e la città intera fino alla costa, la Spagna, l'Europa, il mondo tutto suo come un frutto da stringere nel palmo. Era invaso da una letizia incontrollabile: avrebbe giocato ancora, vinto ancora, e dimostrato che il vecchio Miša poteva superare chiunque respirando l'aria cristallina delle vette.

Poi abbassò il mento. La sua ultima mossa aveva riportato il re nella casa d'origine, in e1, come un pellegrino stanco dopo un cammino interminabile fra deserti e litorali e colline. Il sovrano tornato al proprio scranno, dove avrebbe per sempre trovato requie. Miša scrutò la croce sulla cima del pezzo; la sfiorò con un tremito, intuendo la sentenza: non avrebbe più giocato – non per molto. Non avrebbe più vinto – non come desiderava.

Ricordò la donna che gli aveva letto la mano a Kazan', nei primi anni Ottanta. Era approdata al tavolo durante una cena, gli occhi smeraldini dal taglio asiatico, i capelli velati, le dita piene di anelli, una figura tanto caricaturale da apparire ridicola. Aveva preso il suo palmo destro nonostante le proteste – «La mano buona non mi serve a nulla, voglio questa!» – e l'aveva esaminato preoccupata: la linea della vita parlava chiaro, purtroppo: la morte lo attendeva a cinquantaquattro anni. Qualcuno aveva tossito con imbarazzo, qualcun altro si era premurato di allontanare la maga, e invece lui aveva gridato: «Così poco tempo? Versatemi subito da bere!». E tutti avevano riso come di consueto, sedotti e deliziati: il solito Miša.

Aprì la mano e la fissò, a un decennio di distanza dalla profezia. La linea della vita si rompeva sempre nello stesso punto. Quella mano che aveva sfiorato guance, brandito sigarette, stretto altre mani di rivali e ammiratori – quella mano a forma di artiglio, rattrappita, che non gli aveva impedito di essere felice: il sigillo degli dèi. E ora gli dèi avevano rescisso il contratto. Stava infine per ottenere la conoscenza ultima cui ognuno ambisce, ma che si paga con la rovina: in fondo al mistero c'era una luce straziante e immensa e tale luce lo avrebbe inghiottito, già lo stava inghiottendo, svelando ogni segreto su vita dolore pietà e violenza, e insieme privandolo della possibilità di raccontarlo a chi amava. La chiromante aveva sbagliato appena, lo sapeva. Gli sarebbero sopravvissuti tutti: gli amici, i figli, le donne, Koblents, gli avversari. Forse fra i doveri di un genio c'era anche quello di aprire la strada per le tenebre, come un araldo corre verso l'orizzonte con una fiaccola in mano, fendendo terre sconosciute. Non lo trovava giusto, sentì rinascere la paura; eppure, al contempo, non rinnegava nulla. Nessun rimpianto, nessuna recriminazione, nessun ripensamento.

Akopian gli propose di rivedere insieme le loro mosse e magari, sempre che gli andasse, parlare della sesta partita del suo primo match contro Botvinnik, con quel sacrificio di cavallo in f4 che trovava davvero fenomenale. Miša si riscosse e chiuse le dita di colpo, poi annuì con un sorriso. I vecchi tempi. In realtà sarebbe dovuto tornare in camera, cambiarsi la camicia, sciacquare le tempie con acqua fredda e buttare giù una pastiglia. Sdraiarsi. Dimenticare. Ma senz'altro qualche variante era rimasta impigliata nelle pieghe della lotta, e c'era ancora un minuto per perdersi nei ricordi.

Perché nonostante tutto il suo potere era rimasto integro: invertire il flusso del tempo, scovare la via d'uscita dalla foresta dove il lupo avrebbe sbranato chiunque altro ma non lui – non lui! Era di nuovo al Teatro Puškin, circonfuso di gloria con l'alloro al collo; era un ragazzino al Palazzo dei Pionieri, la mano destra nascosta in tasca, pronto ad apprendere i rudimenti dei finali; guardava passare una ragazza per le strade fragranti e bionde di Montpellier, nel 1985; era a Zurigo nel 1959 intento a sacrificare un pedone e un cavallo quindi un alfiere e una torre e infine un'altra torre ancora contro Keller; era a Riga nel '61, mentre ripeteva sorridendo alla famiglia – nonostante l'amarezza che solo ora misurava per intero – di essere appena diventato *il più giovane ex campione del mondo della storia*; componeva una squisita geometria di inchiodature contro Brinck-Claussen all'Avana, quasi stesse apponendo il proprio monogramma sulla scacchiera; giocava a ping-pong in doppio con Petrosjan e lanciava lazzi e fischi agli avversari; era a Saint John nel 1988 per vincere mezzo ubriaco il Campionato mondiale di lampo; sedeva nell'appartamento di Gor'kij iela, avvolto nella luce pallida e radente dell'estate baltica, annusando il nuovo numero di *Šachmatnyj Bjulleten'*; era a letto in ospedale a Curaçao dopo aver abbandonato per malattia il torneo dei Candidati del 1962, affranto perché nessun compatriota passava a salutarlo; era alla settima ora di una maratona lampo contro Fischer e lo stuzzicava a ogni tratto, godendosi l'aria compunta dell'americano: «Pedone in h6? Davvero, Bobby? Adesso guarda come ci schianto sopra l'alfiere. Sei pronto, Bobby?».

Era un adolescente che telefonava allo zoo fra i ghigni soffocati degli amici per chiedere di farsi passare l'elefante, cui doveva riferire un urgente messaggio dall'India. Era un bambino in fuga dai bombardamenti, protetto dal caldo corpo della madre, laggiù nella steppa, e sapeva che quel corpo aveva continuato a proteggerlo – e ora sarebbe stato pronto ad accoglierlo di nuovo.

Era in un giorno d'autunno dal colore bluastro, in compagnia di Boris Spasskij. Stavano analizzando la partita appena giocata e Miša muoveva i pezzi avanti e indietro soltanto per cercare di sacrificarli: a ogni variante proposta da Boris replicava immolando un pedone o un cavallo, per scoprire puntualmente che le combinazioni non funzionavano, la catena di mosse si spezzava in qualche anello. Eppure una via doveva esserci; doveva pur esistere il modo di presentare una nuova offerta all'altare.

Si accaniva con foga, incapace di arrendersi all'evidenza, e l'amico a un certo punto gli diceva: «Senti, lo sai che non funziona così, vero? Che non è possibile trovare *sempre* un sacrificio?».

«Sì, sì, lo so», rispondeva Miša sbuffando. E poi una risata: «Ma vorrei tantissimo che lo fosse!».

Nota dell'autore

La partita con Akopian ebbe luogo il 5 maggio 1992: fu l'ultima giocata da Tal' con un tempo standard di torneo. Lo svolgimento è riportato con esattezza (inclusi i momenti in cui viene offerta patta), e ho raccontato gli eventi usando come traccia il resoconto fornito dallo stesso Akopian in un articolo su Chess.com.

Poco dopo la competizione Tal' fu ricoverato in gravi condizioni a Mosca; ma riuscì a scappare dall'ospedale per partecipare a un torneo lampo, dove sconfisse l'allora campione del mondo Garry Kasparov. Morì il 28 giugno 1992.

Moltissimi fatti del libro sono accaduti nella realtà, per quanto rielaborati; pochi altri – e ovviamente i pensieri di Tal' – sono inventati da me. *Il Mago di Riga* non è una biografia, è un romanzo: e come tale non nasce da esigenze di cronaca, bensì dall'amore per questo grande scacchista.

Ho tratto aneddoti, storie e analisi di partite dai seguenti testi: innanzitutto gli eccezionali libri di Tal' – *The Life and Games of Mikhail Tal* e *Tal-Botvinnik 1960* – e le splendide memorie di Genna Sosonko, *Russian Silhouettes* e *The World Champions I Knew*. Poi *Checkmate! The Love Story of Mikhail Tal and Sally Landau* di Salli Landau; *Team Tal: An Inside Story* di Valentin Kirillov; *Mikhail Tal. The Street-Fighting Years* di Aleksandr Koblents; *The Magic Tactics of Mikhail Tal* di Karsten Müller e Raymund Stolze; *Il mondo e gli scacchi di Mikhail Tal* di Isaak e Vladimir Linder; il secondo, il terzo e il quarto volume de *I miei grandi predecessori* di Garry Kasparov; *Tal, Petrosian, Spassky and Korchnoi. A Chess Multibiography with 207 Games* di Andrew Soltis; *Tal's 100 Best Games. 1961-1973* di Bernard Cafferty; *Timman's Titans. My World Chess Champions* di Jan Timman; *Mijail Tal* di Antonio Gude; *Chess is My Life. Autobiography and Games* di Viktor Korčnoj; *Chess Duels: My*

Games with the World Champions di Yasser Seirawan; la serie in tre volumi *Mikhail Tal's Best Games* di Tibor Károlyi; *The Magic of Mikhail Tal* di Joe Gallagher; *Ivan's Chess Journey: Games and Stories* di Ivan Sokolov; *For Friends & Colleagues. Volume 1: Profession: Chess Coach* di Mark Dvoretskij; *Pal Benko: My Life, Games, and Compositions* di Pál Benkő e Jeremy Silman; *4th Candidates' Tournament, 1959. Bled-Zagreb-Belgrade* di Harry Golombek; il necrologio di William Hartston sull'*Independent* del 2 luglio 1992; il necrologio di Lev Khariton su Chessbase.com; l'intervista di Galima Galiullina a Žanna Tal' su Understanding-Russia.com.

Altre fonti indispensabili sono state i siti Chess.com (in particolare il blog Spektrowski, che ha tradotto in inglese alcuni articoli di Tal', fra cui *When Pieces come Alive*, e «*Just One Day*» di Žanna Tal'), Chessbase.com, Chessgames.com e Chess-news.ru; gli archivi delle riviste *New in Chess*, *Torre & Cavallo – Scacco!* e *L'Italia Scacchistica*; i documentari *Michail Tal'. Dvadtsat' let spustja* di Ansis Epners, *Michail Tal'. Žertva Korolevy* di Marina Orlova (guardato nella traduzione inglese del canale YouTube Mister Chess) e *Mikhail Tal.*

From a Far di Stanislavs Tokalovs; le immagini di Tal' raccolte da Svetlana Punte (Svetlanapunte.slickpic.com); le fotografie di Riga di Dominiks Gedzjuns. Per il ruolo degli scacchi nell'Unione Sovietica ho trovato utile la tesi di dottorato di Michael A. Hudson, *Storming Fortresses: A Political History of Chess in the Soviet Union, 1917-1948*.

Le citazioni da *Le dodici sedie* di Il'f e Petrov sono riportate nella versione di Francesco Fantasia. L'epigrafe di Bataille è tradotta da Andrea Zanzotto; la frase di Tal' da Marco Depietri, che ringrazio.

Grazie a Vladimir Akopian, Jordi Magem Badals, Dirk Jan ten Geuzendam e Javier Ochoa de Echagüen per aver condiviso alcuni preziosi ricordi del torneo di Barcellona e di Michail Tal'; ad Artem Gilevych e Axel Rombaldoni per aver rivisto con me la partita al centro del romanzo; a Federica Manzon, Marco Missiroli e Andrea Tarabbia per i consigli in fase di stesura. Ovviamente qualsiasi eventuale errore cade sotto la mia responsabilità.

G. F.

Indice

Questo volume è stato stampato
su carta Grifo vergata
delle Cartiere di Fabriano
nel mese di aprile 2022

Stampa: Officine Grafiche soc. coop., Palermo

Legatura: LE.I.MA. s.r.l., Palermo

La memoria